水やりはいつも深夜だけど

窪 美澄

角川文庫
20344

目次

ちらめくポーチュラカ

自分はあのときざっくり傷つきました。そして、そのときの傷は大人になった今でも癒《い》えないままで、ときどき、しくしくと痛むのです。

というようなことを、今年、三十歳になる大人が、五歳の子どもがいる母親が、いつまでもうじうじ考えているのはいかがなものだろう、と思うのだけれど、私はいまだに中学生のときに自分の身に起こった出来事をうまく整理できていない。

例えば今、制服を着た私立中学生らしき集団が向こうから歩いてきた。その瞬間、私の体はきゅっ、と緊張してしまうのだ。いつでも攻撃準備完了の相手に、丸腰で向かっていくような気分になる。こちらに向かってくる女子中学生たちが、ちらりと私を見たような気がする。互いに目配せして、隣にいる子の耳にこそこそと何かをつぶやく。もしかしたら、それは私の悪口なんじゃないかな。馬鹿みたいだとは思うが、どうしてもそういう妄想から抜け出せない。

女子中学生だけではない。五歳になる有君《ゆう》の通う幼稚園の送り迎えや、さまざまな集まりには、私が苦手とする女の集団しかいない。そのことに気がついたとき、しまった……と思ったけれど遅かった。人生最大の失敗、といってもよかった。しかし、うじうじしてもいられない。今度こそ、と思った。今度こそ、嫌われないように立ち向かうのだ、と心に誓った。

そんなふうなことを思いながら、夕食の買い物のためにスーパーマーケットに向かった。小さなこの町の駅前には、スーパーが三軒もある。そして、花屋と美容院がやたらに多い。つまり、定期的に自分の髪型を整え、住まいに花を飾る（経済的にも精神的にも余裕がある）人が、この町には多く住んでいるってことなんだろう。とにかく安さがウリのスーパーAと、以前、買ったお豆腐が傷んでいた経験から足を向けなくなったスーパーBを通り過ぎ、私の足は去年できたばかりのスーパーCに向かう。

オープン当時、駐車場に入れない車が列をなしたスーパーだが、住民の予想どおり、今はガラガラだ。あのときの熱狂はどこにいったのか。我が家だって毎日、このスーパーで買い物をする余裕はない。肉も魚もスーパーA、スーパーBと比べると、三割増しで高いのだ。けれど、私はできるだけこのスーパーに行きたかった。この時間帯、スーパーAとスーパーBには、必ず幼稚園のママたちがいる。その人たちを避けたかった。目が合えば話しかけられ、足が止まる。カゴのなかを凝視される。カゴの中身から他人の家の食生活を想像するのは、いやらしいことだと私は思うけれど、ママたちの視線に遠慮はない。

有君が寝たあと、夫が帰宅していれば、そっとマンションを抜け出し、深夜営業しているスーパーAで買い物をするのが常だったが（それが私の数少ない息抜きでもある）、最近、有君のぜんそくの発作が続いたため、その息抜きができない日が続いていた。今日の午後は、有君を歯医者に連れて行く必要があった。冷蔵庫の中は空。仕方なく、私は、スーパーCで買い物をするはめになったのだった。

半額のランプ肉を選んでいる私は、さっきから強い視線を感じている。けれど、どうしてもそちらのほうを見ることができない。今日の私の服装とメイクに抜かりはないはずだ。玄関に、夫に無理を言ってつけてもらった姿見で全身をチェックしてきたのだから。ノーブランドの麻のロングスカートにマーガレット・ハウエルのグレイのカーディガン、中にはGAPのタンクトップ。高いんだか安いんだかわからない服だが、高そう！　とすぐばれる服装は、幼稚園の入園式でママたちの陰口の種になることを知った。シャネルの高いスーツを着てきたママはその日だけで「嫌われママ」になったのだから。

「あのぅ……」

震えるような小さな声。振り返ると、私よりずいぶん若い、幼稚園で何度か顔を見たことがある人が立っていた。頬を紅潮させ夢見るような瞳《ひとみ》で私を見ている。

「ブログ……いつも読んでます。素敵です」

「あ、ありがとうございます」

「あのっ、あのっ、大好きです。がんばってください！」

それだけ言うと、肉や魚やワインや輸入菓子の箱がいっぱい詰まった重そうなカートを押して、レジのほうに歩いていった。

その言葉に嘘がないのなら、どうやら私は嫌われてはいないようだ。

好かれているのは私自身ではなく嘘を重ねたブログだとしても。


妊娠をきっかけにこの町に越してきて六年になる。

「地盤がしっかりしているし、高台にあるし、四千年前の縄文時代の遺跡も発掘されたところなんだ。つまり、それくらい昔から安全な場所だ、と認知されたってことなんだよ。何より町の治安がいいから。子育てにはとってもいいと思う」

まるでプレゼンテーションをするみたいに、この町がいかにいいところなのかを説明してくれたのは夫の宗《そう》君だった。建設コンサルタントの会社で地盤環境の仕事をしている人の言うことなのだから間違いないんだろう。宗君の言葉に、ただ頷《うなず》き、私は流されるまま、この町で子どもを産んだ。

単身者向けのマンションやアパートは少なく、賃貸はほとんど家族向け。大きな企業の社宅マンションや、昔からこの町に住む裕福な親世代と、その恩恵を享受した子ども世代が共に住む二世帯住居も多い。バブルのときには億ションが並び、日本一ポルシェが売れる町と言われたそうだが、今はそんなギラギラした雰囲気はまったくない。

スーパーではなく、駅前にある昔ながらの肉屋や魚屋で買い物をする人を見ると、ごく普通の穏やかそうな中高年が多い。ただし、この町に住む親たちは、子どもの教育には湯水のようにお金をかける。それが善だと信じている。この町の名前を冠した区立小学校には、この町のブランドイメージに憧《あこが》れて、わざわざ越境入学してくる人も多いと聞いた。

私の住むマンションは駅前から区立中学に向かった線路沿い、その道の少し奥まったところにある。とある企業が持っていた広大なグラウンド跡地に建てられた低層マンションで、建てられたときには、貴重な区民の避難場所をつぶすなんて！　と反対運動が巻き起こったそうだが、今はそんなことを言う人はほとんどいない。グラウンドにあったたくさんの木々を残した森のようなメインゲートを抜けると、広い中庭には人工の川が流れ、高い管理費を払っているおかげで、四季に咲く色とりどりの花を楽しめる。そのマンションの三階の3LDK。このマンションではいちばん狭い間取りだけれど、それでも三人家族には広すぎる。

「ねぇ、こんないいマンション……ローンとか、だいじょうぶなの？」

最初にこの部屋を訪れたとき、不安になって宗君に尋ねた。

「だいじょぶだいじょぶ」

あまりに曖昧《あいまい》な回答だったが、私は宗君の言葉を信じるしかなかった。出産まで続いた、ひどいつわりで何も考えられなくなっていたからだ。

そんな町の、このマンションの一室で、私は息が詰まりそうになっている。酸素の少ない金魚鉢に入れられた、らんちゅう、みたいに、口をぱくぱくさせている。

ぱたり、と玄関ドアを閉めると、ダイニングに続く長い廊下に、有君の靴下が点々と落ちている。リビングからの光で廊下の隅のほこりが目立って見える。午前中に掃除機をかけて水拭《みずぶ》きしたばかりなのに……。もう！　と心のなかで思いながら、有君の靴下を拾いあげる。

「ただいま」と声をかけるが返事はない。

もう何度見たかわからないモンスターズ・インクのDVDに夢中だ。台詞《せりふ》もほとんど覚えているくらいなのだ。小さな背中に声をかける。

「有君」

「ママ〜おかえり〜アイス買ってきた〜？」そう言って駆け寄り、私の腰に抱きつく。

「ん、ちょっと待ってて」

食材を冷蔵庫に詰め、冷凍庫からパンケーキを取り出し、レンジでチンする。イッタラのガラスの皿にのせ、蜂蜜《はちみつ》でマリネしたラズベリーとブルーベリー、買ってきたバニラのアイスクリームをひとすくい。モナミのマグカップをここに置いて。それを写真に撮る。EOSの Kiss X6i ダブルズームキットで。

「ママぁまだぁ」

「もうちょっと待って」と有君をなだめながら何度もシャッターを切る。

完璧《かんぺき》だ。画像を確かめながら、「どうぞめしあがれ」そう言うと、有君は使い慣れないナイフとフォークを使って、パンケーキを不器用に切りはじめた。アイスもベリーもぐちゃぐちゃにして。口のまわりがアイスで真っ白だ。

　夕飯の準備を始めるまでには、まだ少し時間がある。瞬く間におやつを食べ終えた有君はまたモンスターズ・インク。その隙に私はブログをチェックする。コメント欄には、昨日アップした夕食の写真の感想がいくつも寄せられていた。

「愛情たっぷりのハンバーグ、おいしそうですね」

「私も真似してみたいです〜」

「小さな子どもがいるのにお皿にもお料理にも凝っててすご〜い」

　私の顔すら知らないネットの向こうの人はなんてやさしいんだろうと思う。認知、承認、容認、受容。そのよろこびがじんわりと私を満たしてゆく。

「どうしてましな嘘をつけないのマイク・ワゾウスキ」

　テレビのモニターを凝視している有君が、ひとりごちている。


　私が生まれた村は、今住んでいる町とはまったく違う。

　電車も通っていない深い山のなか。近くに、コンビニもスーパーもない。集落の入り口に自動販売機がぽつんと一台あるようなそんな村。

　そこで起きた、とある出来事を私はくり返し夢に見る。

　夢のなか、生まれた村の中学校に私はいる。

　小学校も中学校も山をひとつ越えて通った。

子どもの数は少なかったから、近隣の村から集まった同じメンバーで九年間を過ごした。私を含めて全部で十五人。女子が七人。男子は八人。幼い頃は、子犬のようにころころと笑い転げて毎日が過ぎていった。変化があったのは小学六年に上がる頃だ。男子の一人が私を好きらしい。そんな噂が子どもたちの間に広がった。自分を好きになったのは、その男子だけでなく、八人中、五人の男子だった。告白されたわけでも、ラブレターをもらったわけでもない。けれど、男子たちが私の前で赤くなったりするたびに、女子たちは刺すような目で私をにらんだ。

そんな私をいつも助けてくれたのは、Mだった。

Mの家は私の家よりもまだ先の隣村だったから、小学一年生のときから、自動販売機の前で待ち合わせをして、いっしょに学校に通った。引っ込み思案の私と、活発で開けっぴろげな性格のMは、なぜだか妙に気が合った。休み時間や放課後、何か不穏な雰囲気になると、私の手をぐいっ、とつかんで校庭に連れ出してくれた。

「気にしない気にしない」Mは、そう言って私をなぐさめてくれた。

同じメンバーのまま、中学校に上がると、私を好きな男子は八人中、七人になった。

まるでテープカットが行われたみたいに、私は遠巻きに見ていた女子たちから一斉に、具体的ないやがらせを受けるようになった。その首謀者がMだった。

机の中に入れておいた教科書がなくなったり、上履きの片方がくみ取り便所の中に捨てられたりした。その頃は、そんなことを思ってはいけない、そんなことを考えるから嫌われるのだ、と頑《かたく》なに考えていたが、大人になった今ならわかる。私の顔は七人の女子の間でいちばん整っていたし、勉強も学年でいちばんできた。けれど、顔は生まれつきのものだし、自分では変えようがない。勉強は自分の努力によるものだ。どちらを自慢したわけでもない。生まれつきでも努力でも、私はそのとき、スケープゴートとして、ほかの女子に嫌われる役目を負わなくちゃいけなかったんだろう。

ニュースで、いじめ、という言葉を見るたびに、大人になった今でも私のどこかには痛みが走る。想像の痛み、ではない。実際の痛み、だ。

中学二年の冬休みが始まる前の頃だったと思う。今にも日が暮れそうな山道をMと二人で歩いていた。山のなかがすぐに暗くなる時季は、必ず誰かといっしょに帰るように、と先生からきつく言われていた。

足の遅い私にかまわず歩くMの背中がどんどん小さくなる。無理した早歩きのせいで横っ腹が痛くなりはじめていた。

「待って！」私の声にも足を止める気配はない。

Mがいじめの首謀者で、私のことを嫌っていて、助けなど求めても無駄なことだとわかっていたけれど、暗い山道の恐ろしさに足がすくんで情けない声が思わず出た。風の強い日だった。山鳴りのような不気味な音が聞こえてくる。まるで山全体が悲鳴をあげているような音だった。

「待って！」

もう一度叫んだ私の声にMが足を止めた。助かった、と思い、走るようにMに近づく。

「いっしょに帰ろ。ね」

そう言った瞬間、Mがカーディガンの上から私の右腕を嚙《か》んだ。甘嚙みではなく、肉を引き千切るような強い力で。「やめて！」何度、叫んでもMは私の腕をはなさない。痛みから伝わってくるのは憎しみだった。強い、強い憎しみ。なんで、なんで。そう思いながら、私はMの頭を手のひらで押し返そうとするが、Mは嚙むことをやめない。

「やめて！」

自分の声で目が覚めた。ベッドから起き上がり、自分の右腕を見る。歯形などついているはずはないのに、Mの歯の並びのカタチに痛むのだ。

二十代で結婚し、子どもも生まれた。いいマンションに住み、夫の収入も悪くない。人から見れば、絵に描いたような幸せな人生を私は過ごしている。それなのに、Mが私の腕を嚙む夢は、まるで災害を知らせるサイレンのように、くり返し、私の眠りのなかにやってくる。

大人になっても咀嚼《そしゃく》しきれていない出来事が、夢になってあらわれるのだろうか。

私はもう中学生ではない。大人で、母親だ。右腕を何度か擦《さす》ってから、枕をぽん、と叩《たた》いて、もう一度、眠る努力をはじめる。

「ママ、行ってくるね！」

手を振って園バスに乗りこむ有君は今日も元気だ。今日は午前十時から園でPTAの集まりがある。一度、家に帰り、メイクを手直しする。服はこれでいいだろうか。着替えたら余計に嫌みだろうか。女たちの前に出て行くだけなのになんだってこんなに私の表面が気になるのか。値踏みの視線が怖いからだ。

「遅くなりました」

緊張しながらPTA室のドアを開ける。四人のママたちが笑顔で私を見る。だが、一人だけ笑わないママがいる。拓斗《たくと》君のママ。甲斐《かい》さん。私はこの人が苦手だ。

今日、園の玄関わきにあるこの小部屋でしなくてはならないのは、保護者に配付する広報誌の仕事だった。それくらいなら私が家で一人でやったほうが速いのだが、どんなに簡単な仕事でも皆で力を合わせ、やり遂げることに意味がある。

ここはそういう世界なのだ。

「すごーい！　デザインとかもできちゃうんだ！」

まずい……。手伝っていたつもりが、一人、賞賛を受けてしまっている。写真を移動させただけなんだけど。

「やっぱブログとかやってる人は違うわねぇ、なんでもできるんだねぇ」

「え、杉崎《すぎさき》さん、ブログやってるの？」

「そうだよ知らないの？　すっごく素敵なんだよ。インテリアとかお料理とか」

自分のブログをリアルで知っている人に話題にされると、緊張して、冷や汗が出る。

そんな私の様子を気にもとめず、何人かのママが携帯で私のブログを見て、きゃ——と声をあげる。

「なんかすごいよねぇ。芸能人みたい……」

あぁ、これは嫌みだろうか、それとも素直に受け取っていいのか、判断できないまま、笑顔を返す。私を囲むママたちのうしろで、甲斐さんが一人黙々と、保護者へのお知らせプリントを折っている。あの人には確実に嫌われているんだろう、と思うと、骨などないはずの心のどこかが、ぽきりと折れる音がする。

おしゃべりをしながら小一時間ほど作業する。

作業、というほどのものでもない。会社で働く夫たちが私たちがやっていることを見たら、鼻で笑うような作業だ。いや、家事も子育てもしたうえで、さらにこんなこともやっているのだ、無償で。それでも、ママたちの顔は満足感で輝いている。

この軽作業のあと、必ずママたちは自分にごほうびを与える。園のそばにあるビストロでランチ。コーヒーとデザートをつけたら千二百円。小一時間の作業の対価として高いのか安いのか。そして、自分へのごほうびとして高いのか安いのか。

「お先に失礼します」

園庭を出ると、ママたちのなかでただ一人、甲斐さんだけが、錆《さ》びついた自転車に乗って帰って行った。

「杉崎さんは行くでしょ？」

私も用事があって、と、口のなかで準備していた言葉を放つタイミングを失ってしまった。一時間だけ、一時間だけつきあって帰ろう。そう思いながら、女子高生のように集団でのろのろ歩くママたちのあとをついていく。

小さなビストロは私たちが大きなテーブルを占領してしまうと、ほかのお客さんはカウンター席しか座れない。そのカウンター席も、サラリーマンやOLが並んで座り、空席はない。

近くの銀行だろうか、見覚えのある紺色の制服を着た女性が一人、文庫本を片手にパスタを口に運んでいる。その気軽さがなんだかうらやましい。

「杉崎さんとこ、お受験は？」斜め前に座っているママが私の顔を見て言う。

「……うーん、まだ、なんにも……」

「でも、杉崎さんち、ご主人、中学からW大付属でそのままでしょ。院まで出て。建設会社におつとめなんだよね」

「え、そーなんだすごーい」

「いや、すごくはないですよ……」

ママたちがすごーい、すごーいとくり返す。こだまのように。デュラレックスのグラスに入った水をごぶりとのむ。返事をしながら冷や汗をかく。そんなこと話したことあったかな。あ、いや、初めてのPTAの集まりで聞かれたような。私が同じ大学、ということも話したっけ。ただ、同じ幼稚園に通っているだけなのに、彼女たちのなかにインプットされている私の夫の情報の摩訶《まか》不思議。

「ねぇ、そのネイル素敵ね。どこのお店？」

話題が急に変わってほっとする。

「あ……これ、自分でしたの」

隣のママが私の爪をじっと見ている。ベースはシャンパンベージュ、爪の先は細かいラメの入ったベビーピンク。ネットで「フレンチネイル　やり方」で検索して見よう見まねで塗ってみたのだ。

「え、いいなぁ、器用で。今度、私にもしてくれる？」

会話のボレー。あまりに素直な反応で言葉を受け取る私のほうがどぎまぎしてしまう。

「あ、う、うん……」

返事をしながら、「フレンチネイル　やり方」を説明したブログのＵＲＬを教えてあげたほうがいいんじゃないかとふと思う。

くどいくらいに生クリームが投入されているカニクリームパスタがいつまでたってものみこめない。

私立小学校の受験、近所の小児科、駅前にできた新しいヘアサロン、最近始まったドラマ、幼稚園の先生のこと、ママたちの話題はあちこちに飛び火し、一瞬ぱっと燃え上がっては、また別の場所に火の粉が飛んだ。機銃掃射のような言葉のスピードについていけずに、私は耳を閉じてしまう。うん、うん、とただ笑顔で頷《うなず》く人になってしまう。

わざとらしく左腕を上げ、腕時計を見る。

「あ、ごめん、もうこんな時間だ。今日、姑《しゅうとめ》がくるんだ。悪いけどお先に……」

千二百円ぴったりを隣のママに渡し、席を立った。

店の外に出た私に、まだ店のなかにいるママたち全員が笑顔で手を振る。軽く手を振り返し、マンションまでの道をできるだけ早足で歩いた。私がいなくなったあと、ママたちはどんな会話をするのか。あの意味のない会話に身を浸して時間の無駄遣いをすることに、もう一分も一秒も耐えられなかった。

姑などいない。三年前に癌で死んだ。

玄関ドアを開ける手がかすかに震えていることに気がつく。

好かれたいという気持ちと、自分は自分、誰に何を言われても気にする必要なんてない、という気持ちの間で私はまだぐらぐら揺れている。洗面所で液体石けんを使ってゆっくり二回手を洗った。

シャツのボタンを外しはじめてふと思った。そうだブログ用の写真を撮らなくちゃ。顔から下が写るように姿見の前で自分を撮る。私の今日のコーディネートを見たい人がいるだろうから。ふと思いついてネイルの写真も撮ってみた。アップするのは有君が寝てからでいいだろう。今日はお弁当の日だから、有君が帰ってくるまであと一時間くらいは眠れる。iPhone の Siri に「午後二時半に起こしてください」と頼む。

「十四時三十分にアラームをセットしました」と、Siri が答える。

「いつもありがとう」そう言うと、

「当然のことをしたまでです」とSiriが答える。その穏やかな声に、Siriだけが心を許せる友だちのような気がしてくる。シャツとデニムを脱ぎ、ブラジャーも外して、キャミソール一枚になってベッドに潜り込んだ。ママたちと話したあとはいつもこうだ。

頭の芯《しん》が痺《しび》れたようになって、体はぐったりと疲れてしまう。

有君を子ども部屋で寝かしつけたあと、リビングのテーブルでブログのコメント欄をぼんやりとながめていた。もう午前一時を過ぎている。今日の午後、眠れたのは三十分ほどだったが、その仮眠がきいているのか、いつまでたっても眠くならない。おなかが少し空《す》いているので、明日《あした》の朝食用に用意した、小さく刻んだフルーツをフォークで刺して口に運ぶ。そうしている間にも誰かからのコメントがやってくる。でも、宗君からの連絡はない。今日もタクシーで帰ってくるのだろうか。iPhoneが震える。幼稚園ママからのメールとLINEのメッセージがいくつも。こんな夜更け、みんなもまだ起きているのか。私と同じように、みんなさびしいんじゃないだろうか。

梅雨の終わり、重すぎる湿度が苦しくて、昼間からつけっぱなしのエアコンを切った。サッシを開けてベランダに出る。殺風景なベランダがさびしくて、寄せ植えの鉢をネットで買った。クレマチスやあじさい、ベゴニア。思いつくままに買って無秩序に並べた。なかでもいちばん好きなのは、テラコッタの鉢に入ったポーチュラカだ。実家近くの山にも野原にもそこらじゅうに花は勝手に生えていた。けれど、実家の庭の隅、花壇とも呼べないような場所に母が植えたのがこの花だった。真夏の強い日差しにも負けず、土の上を這《は》うように茎は伸びていった。小さくてかわいらしい花は一日たてばしぼんでしまうけれど、朝になれば、また違う花が次々と咲き続けた。くりかえしくりかえし。

こんな夜はどうしても生まれた村を思い出してしまう。

小学校から家に帰るまでの山道の途中、畑に座りこんでシロツメクサをMと編んで冠にした。何を話したかは覚えていないが、毎日、毎日、Mとおしゃべりをし続けた。あのときまではいつも二人だった。

ベランダに立ったまま、空を見上げると、厚い雲の切れ間からちかちかと気弱に光る星がいくつか見える。

どうして私はあのとき一人にされたんだろう。Mは今、どこでどうしているんだろう。Mもこんな空をどこかで見ていたりするんだろうか。そう思ってしまうのは気弱になっている証拠だ。あの頃には絶対に戻りたくはないけれど、母親、という着ぐるみをずるりと脱ぎ捨てて、中学生のMに会って聞いてみたくなるのだ。

「ねぇ、どうしてあのとき、あんなことをしたの？」

「申し訳ありません……今日、有君、拓斗君と喧嘩《けんか》して。……あの、腕を拓斗君に嚙《か》まれまして……いいえ、病院に行くような怪我ではもちろんないです。……なにせ、小さな子ども同士のことですから……」

あやまりながらも、どこか責任の追及を逃れるような口調で、幼稚園の先生から電話があったのは、お昼前のことだった。

「そうですか……あ、いえ、ご丁寧にありがとうございました」

そう言って電話を切ったものの、ごくりとはのみ込めない、もやもやしたものが心のなかに広がっていく。

園バスから降りてきた有君は私の心配をよそに普段と変わらず、にこにこと笑いながら、「ママー」と私の腕に飛び込んできた。

「有君、ちょっと見せて」

シャツの袖《そで》をぐいっと引っ張り上げた。ひとひねりすれば折れてしまうようなか細い右腕にくっきりと歯形が見えた。私がMに噛まれたのと同じ場所だ。

「それ……」

「ずいぶん派手にやられたね」

まわりにいるママがため息まじりに声をあげた。

「拓斗君、乱暴だからね。うちも入園したばっかりの頃、あの子にぶたれて。しばらく幼稚園に行きたくない、ってごねられて大変だったのよ」

「落ち着きないしね……あの子」

「ママも……なんかちょっと……とっつきにくいし」

「うん……パパのほうもさ、昼間っからこのあたりうろうろしてるんだよね。何してる人なんだろ」

それぞれのママたちが、自分のなかにインプットされた甲斐さんの情報を口にしはじめた。

「でもさ……なんであの子、この園に通ってるの？」

この町に住み、この町の名前を冠した公立小学校に進み、中学から私立に進むような家庭の子には、はっきりとしたルートがあった。まずは、情操教育に力を入れているこの幼稚園に入り、同時にスイミングスクールや英会話教室に通う。小学校に上がれば、皆、同じ進学塾に行く。先陣が置いたマイルストーンを、ひとつ、ひとつ通過しながら、世間で一流と呼ばれている大学を目指す。

小学校に上がる前の小さな子どもたちが、道から外れないようにママたちはお尻《しり》を叩《たた》く。園のママが、皆が皆、そういう人ばかりではないだろうけれど、少なくとも私が接してきたママたちはそうだった。それ以外の生き方など、まるで認めないような素振りを見せた。同調されることなしに、ほかのママとつながることはないから、異分子の存在は頑《かたく》なに認めたくないようだった。

「働くならさ、保育園とか行けばいいのにね」

拓斗君のママ、甲斐さんは、この園では珍しく、パートをしているママらしかった。頷いたら同調していることになってしまう。だから、ただ黙ってママたちの話を聞いていた。有君はそんな大きな出来事がまるでなかったように、しゃがんで、道ばたに生えている草をいじりながら、ほかの友だちと何かを楽しそうに話している。

終わる気配のないママたちの話に、ここは都心なのに、まるで田舎みたいだ、と思う。よその家のもめごとも全部筒抜けになって、顔も知らない人に何もかも知られているような、あの閉塞感《へいそく》。私が中学校に行かなくなったときもそうだった。

「いじめられて、学校に行かなくなったんだってね」

それほど親しくもない村の人にそう言われた瞬間、ここから絶対に出ようと心にかたく誓ったのだった。

「有君と今日、遊ぶ約束したんだって。うちはぜんぜんかまわないけど……」

佐々木《ささき》さんが声をかけてきた。有君が何度か遊びに行ったことのある家のママだ。

「迷惑じゃない？」

「うちはぜんぜん！　このまま連れて行くから夕方に迎えにきてね」

有君は私のほうを振り返り、一度手を振っただけで、友だちと手をつなぎ、スキップしながら行ってしまった。

なんとなく気が抜けたまま、一人、マンションに向かって歩いた。マンションの敷地のなかは、元々生えていた木々を極力残したガーデンデザインになっているのだ、と宗君がいつか言っていた。私が住んでいる棟が見えてきた。煉瓦《れんが》敷きの道の両側には欅《けやき》が緑の葉を茂らせている。午後三時過ぎだというのに、ほんとうにここには人が住んでいるんだろうか、と思うくらい静かだ。部屋にまっすぐ帰りたくはなくて、途中にあるベンチに腰を下ろした。

有君の腕に浮かび上がった歯形が胸をしめつける。もし、このまま、いじめられるようなことがあったら、幼稚園を変えたほうがいいんだろうか。独りよがりの考えは悪いほうに悪いほうに転がっていく。状況がこじれるとすぐにそこから逃げ出そうと考えてしまう。同じことを有君にくり返させるのか、と思ったら力が抜けて、ため息が出た。

大学を出て、就職をした。ハウスメーカーの設計部だった。死ぬ思いの就職活動をくぐり抜けて、やっと会社に入ったのに、その会社を一年でやめた。満員電車に乗ることや、話が通じない年上の人たちと仕事をするのが苦痛でたまらなかった。会社に入ってみて初めて気づいた。大学で好きな勉強だけをする、それが私のいちばん好きなことだった。

「だったらやめれば。結婚するんだし」

宗君の言葉に簡単に同意した。

入社してすぐ、結婚を理由に退社する私に、「寿退社っていったいいつの時代の話よ」と吐き捨てるように言った女性の先輩もいた。また、私は逃げた。あのときと同じだ。

中学を出るまでずっといじめられ続けた私を見かねて、両親は東京にいる伯母《おば》の家に私を預け、そこから単位制の高校に通うように言った。その高校でも私はひどく緊張していたけれど、中学でいじめや、ひきこもりや、登校拒否を経験している生徒ばかりが通う高校だったから、私の存在もそのなかに紛れて目立たなかった。けれど、友だちは一人もできなかった。女子の集団には相変わらず恐怖心があって、大学は男ばかりの土木学科を選んだ。そこで宗君に出会った。宗君といっしょに勉強をすることが私には何よりの喜びだった。

「君を一生守るから」という宗君の言葉を信じて、私は家庭に入った。

結婚をし、有君を産み、幼稚園に入れてみてわかったのは、私は再び「女の世界」で生きなくちゃいけないということだった。また、中学のときに舞い戻ってしまったのだ。逃げて、逃げて、そこから逃げ出したはずなのに、私はまた同じ場所にいた。

「君を守る」といった宗君の言葉も、私が生きなくちゃいけない世界には届かない。

女たちに嫌われない練習をする必要があった。嫌われない女、ほかのママたちに嫌われないママのイメージ、その輪郭を私はネットから学んだ。多くは芸能人のブログだった。ファッション、メイク、食事。何を言えば好かれるのか、何を見せれば嫌われるのか、私は彼女たちがアップする写真や言葉を学習し続けた。

カメラを買い、毎日の食事や、自分が着ている服や、子どもの様子を、ブログにアップした。ぽつり、ぽつり、とやってくる反応に私は有頂天になった。私の言葉や写真に反応してくれる。ネットの向こうの誰かは、誰もほめてくれない料理や、私が一晩頭を悩ませた服のコーディネートをほめてくれた。私は女たちに好かれている。それは、宗君と結婚したときや、有君を産んだときとは比べものにならないほどの幸せだった。私はブログに作り上げた自分を、幼稚園のママの前でも演じた。ママたちは演じた私を好きになってくれた。これは皆の前であらわさないほうがいい、そう思った感情はすべてのみこんだ。けれど、のみこんだ感情は今にも決壊しそうになっている。

ほんとうの私。そのほんとうが自分でもよくわからなくなっている。

ベンチから立ち上がり、部屋には戻らずに自転車置き場に向かった。佐々木さんの家に、有君を迎えに行くにはまだまだ時間がある。行き先は決まっていた。隣の駅のコンビニだ。そこで、ふかふかの菓子パンやチョコレートや、甘いチューハイをしこたま買おうと思った。近所のスーパーで買うのが恥ずかしいものを私はそこで買った。いつもは深夜にそこに行った。昼間に行くのは初めてだった。

店のなかに入ると、手当たり次第に、食べたいものをカゴに入れた。カウンターに重いカゴをどさりと置き、会計をしてもらう。ピッ、ピッ、と音が響き、白いビニール袋に手際よく詰めていく。

「千三百五十二円になります」

千円札一枚と五百円玉一個を目の前にいる女性店員の広げている手のひらにのせた。

「なんか意外……」

店員の声に顔を上げた。甲斐さんが立っていた。コンビニの制服を着て、私を見つめている。笑いもせず、その表情から感情を読み取るのは難しい。耳たぶがじわじわと赤くなっていくのがわかる。何か言いたかったけれど、くちびるは糊《のり》で閉じられた封筒のように開かない。

「はい、おつり。ありがとうございました」

差し出されたビニール袋に手をかけたが、力が入らなかった。菓子パンやお菓子、ジャンクフードがいっぱいの袋が床に落ちる。缶チューハイが転がっていく。慌てて拾い上げ、突っこむようにビニール袋に入れた。ビニール袋を手に慌てて店を出る。甲斐さんのほうを振り返る勇気などなかった。


「あぁ……いいのに、こんな気を遣わなくて」

昨晩焼いたクッキーを、佐々木さんに手渡す。全粒粉ときび砂糖を使った手作り。私がさっきコンビニで買ったクッキーではない。佐々木さんの家は二世帯住居の二階部分にある。遊びに行っていたのは有君だけかと思っていたのに、何人かの子どもが来ているようで、玄関先にはほかのママたちも二人いた。子どもたちが出したおもちゃを片付けるのを待っている間に、また、さっきの話が始まる。

「拓斗君のママ、ほんとは保育園に入れたかったんだって……だけど、入園前に仕事決まってなかったから、審査に落ちて……」

「あそこのほら、隣の駅前にあるコンビニで見かけたことある」

さっき私が行ったコンビニの名前が出てぎくりとする。

「去年、拓斗君のパパが勤めてた会社が倒産したらしくて……神社のそばにある公園の池のベンチでときどき缶ビールのんでるの見るんだよね……」

「でも、保育園のママって、なんか余裕ない感じだよね……」

話の矛先がまた変わった。

「小さい子どもがいるうちはさ、なんかゆっくり接してあげたいじゃん」

園バスを待っていると、目の前の道をこれから保育園に行くらしいママたちが自転車に子どもを乗せて通り過ぎることがある。自転車のカゴには、子どもの荷物を入れて丸くふくらんだ布製のバッグを入れ、険しい顔をして走り去って行く。時には、うしろの席で子どもが大声で泣いていることもあった。でも、仕事をしていない私だってあんな顔をよくしているんじゃないだろうか。

「ママ〜」有君が廊下の向こうから駆け寄って来た。

「じゃ。私、お先に失礼するね。今日はほんとにありがとう」

助かった……と思いながら、頭を下げ、佐々木さんの家をあとにした。

「有君、もう一回見せて」

家に戻り、拓斗君に噛《か》まれた腕をもう一度見た。さっき見たときよりは、歯形は薄くなっているような気がするけれど、その痕《あと》はまだそこにある。有君の腕をつかんだまま、洗面所に連れて行った。石けんを泡立てて、その痕をごしごしと洗った。

「有君、ここ痛かった？」

「ううん、だってぼくも悪いんだよ。ぼくが最初、拓斗君をぶったんだよ。ぼくが作ったブロックの車、壊したから。そしたら、拓斗君が……」

つやつやしたくちびるをとがらせて、有君が言う。

「有君……」

「ん？」

「拓斗君のこともう嫌いになっちゃった？」頭を撫《な》でながら聞いた。

「……どうして？」

「だって、有君の腕かぷっ、て噛んで。痛かったでしょ？」

「痛かったけど……ぼく、拓斗君、好きだよ……また、遊ぶよ。だって、明日《あした》も二人で幼稚園で遊ぶって約束したし……ねぇ、ジュースのんでもいい？」

そう言いながら、私がつかんでいた腕をふりほどき、キッチンのほうに駆けていった。

小さい子どもだからだろうか、男の子だからなのだろうか。

私は大きな出来事と考えているのに、有君にとってはそうではない。有君にとっては、とりたてて大きな問題などではないのだ。人生を肯定し、果敢に友だちとつながりを持とうとする、その勇気。私にはないものだ。自分の子どもなのに、自分にはまるで似ていない。そのことに安心するのと同時に、大人になってもMに噛まれた夢を見続ける自分の執念深さに、私は失望するのだ。

夕食をすませ、有君を風呂《ふろ》に入れ、寝かしつけてから、今日の夕方、コンビニで買ってきたものをダイニングテーブルに並べた。たくさんある菓子パンのひとつ、ふかふかしたパンにカスタードクリームをはさんだものを手に取る。パソコンを立ち上げる。夕食前にアップした、手作りクッキーの写真には、もうすでにいくつかの感想が寄せられている。

「レシピをアップしていただけませんか？」

どうしてみんな、こんなにいろいろなことに興味があるんだろ。

顔も知らない誰かが適当に作ったクッキーなのに。これは明日でいいか、と思いながら、菓子パンを口に運ぶ。空気のように軽く、脳が痺《しび》れるほど甘いそれは、咀嚼《そしやく》する必要もない。ジュースみたいな缶チューハイをグラスに注ぐこともなく、直接口をつけてのむ。瞬く間に食べ終えてしまったので、テーブルの上の、もう一個に手が伸びる。やめておこう、という気持ちと、テーブルの上にあるものを食べ尽くしたい、という気持ちの間でぐらぐらと私は揺れる。すべて食べてしまったら、そんなことをした罪悪感にまた襲われる。

どうしてこうも私は自分を罰したいのだろう。

あの村で、毎日いじめられていた中学生の頃、ストレスで私はどんどん痩《や》せていった。生理も止まった。心配した両親は村にある診療所に連れて行ってくれた。けれど、診療所の医師は、専門の病院で診察を受けたほうがいいと、町にある、とある病院に紹介状を書いてくれた。父の軽トラックに乗せられて、私は二週間に一度、その病院に向かった。橋本《はしもと》クリニック、と木の看板が玄関ドアに飾られているだけで、なんの病院なのかはわからなかった。木造の、古い二階建ての家で、一階が診察室になっていた。とはいえ、私のおじいちゃんよりも年上に見える先生は白衣など着ていなかったし、診察を受ける部屋も、普通の家の居間のようだった。

　毎回、一時間ほど、私と先生はたわいもない話をした。話をしたくないのなら、無理にしなくてもいい、黙っていていいんだ。それが先生の考えだった。先生と私との間にあるローテーブルには菓子盆があり、村では売っていないような外国製のチョコレートやキャンディが山盛りになっていた。

「好きなだけ食べなさい」

　そう言って先生は、キャンディの包み紙をくるくると広げ、口に放り込んだ。私はそれほど話せなかった。最初の頃はほとんど先生だけが話をしていた。もうすぐやってくる台風の話や、先生の趣味の将棋の話。学校の先生のように、私を問いつめるようなことは絶対にしなかった。

　そのうち、ぽつりぽつりと、学校や友だちとの間に起こったことを話せるようになった。私が途中で泣き出したり、ふいに口をつぐんでも、先生は辛抱強く待ってくれた。

「学校に行きたくないです」

　絞り出すように私が放った言葉に先生が言った。

「その場所がいやなら逃げていいんだよ。逃げるのは悪いことじゃない」

　くり返し、そんなふうなことを言った。いじめられても、無視されても、学校にはなんとしてでも行かないといけない、と、両親からも学校の先生からも言われていたから、大人がそんなことを言うなんて、と心から驚いた。先生の言葉は私のかたくなった心をほぐし、息を吹きこんだ。この先生なら、私を救ってくれるんじゃないかとそう思った。

けれど、ぷつりと、その糸は切れた。

「……それからね……おっと、もうこんな時間だ。話の続きはこの次にしよう」

それが先生の最後の言葉だった。次の診察を待たずに、先生は亡くなった。先生は私に何を話したかったのか。私の知らないところで、先生は私の両親にも話をしていた。ここではない違う場所の高校に行かせなさい、と両親を説得してくれたのも先生だった。

大事な人はみんな自分のそばからいなくなる。そう思いながら、二つ目の菓子パンの袋を開けた。缶チューハイももう空だ。ふと、この菓子パンの写真と缶チューハイの写真をブログにあげたくなる。

「服とかさ……センスがいいんだか悪いんだか、よくわかんない……」

「……ファミレスみたいな盛りつけでドヤ顔されても……」

聞き覚えのある声が奥から聞こえてきて、そちらに顔を向けた。

ごくたまに入る駅前の喫茶店、私はカウンター席で一人、アイスコーヒーをのんでいた。あと三十分ほどで、園バスがやってくる。スーパーで買い物をして、家に帰る時間はなかったので、時間つぶしにこの店に入った。

洗面所に近いボックス席は、この店でいちばん奥まったところにあって、私がそちらに顔を向けても、ママたちの姿は見えない。店内にかかっているボサノバの曲の合間、言葉の欠片《かけら》が私の耳に飛び込んでくる。私のことかな……。私のブログのことかな……。首のあたりがひんやりしはじめる。言葉をパズルのように組み合わせてみるが、私のことのような気もするし、そうじゃない気もする。

「なんか、とっつきにくいんだよねー」

一人の声に、そうそう、と大きな声でほかのママが同意している。

「もらったクッキーとかもあんまりおいしくなくて……」

「でも昨日、そのクッキー、ブログにのせてたじゃん」

「ネットじゃ味はわかんないもん」くすくす笑いが聞こえる。

やっぱり私のことか。佐々木さんが私が昨日渡したクッキーのことを話している。アイスコーヒーはまだ半分以上残っていたけれど、店を出た。梅雨明け間近、真夏のような太陽の光に思わず顔をしかめる。もう嫌われてしまったのか、という失望が、歩くたびに、足元から這《は》い上がってくる。

平静を装って、園バスが停まる場所に足を向けた。先に集まっていたママたちが私に軽く会釈する。しばらくすると、佐々木さんと数人のママたちもやってきた。緊張しながら、私も笑顔を返す。ほどなくして園バスがやってきて、数人の子どもたちを吐き出し、去って行った。

「もう、まただよ。またやられた」

「うちも。どうなってるのいったい」

「拓斗君にひっかかれてさぁ」

今日もまた、誰かが拓斗君に攻撃を受けたらしい。有君が噛《か》みつかれて以来、ぶたれたり、蹴《け》っ飛《と》ばされたり、拓斗君の被害者は日に日に増えているようだった。

「もう！　今度やられたら直訴だよ直訴！」

まわりで追いかけっこをしている子どもたちに目を配りながら、ママたちの会話は次第にエキサイトしていく。これだけ続くと、やはり拓斗君に何か問題があるのかと思っても仕方ないのかもしれないな……。けれど、自分の子ども時代を考えると、これくらいの年齢の男の子は山のなかでとっくみあいの喧嘩《けんか》をして過ごしていた。先生が言うように、子ども同士、よくあることだと思いたいけれど、有君がまた噛まれるのはいやだ……。帰るタイミングをはかりながら、黙ってママたちの話を聞いていた。

「あ、今日もうちの子、有君と遊ぶ約束したみたいなんだ」

佐々木さんが私の顔を見て言った。

「え、いいのかな……たまにはうちに来てもらっても……」

「いやいや、杉崎さんのきれいな家にうちの子みたいな落ち着きのないのが行ったら、何しでかすかわからないもん……」

まわりにいるママたちが静かに頷《うなず》く。さっき喫茶店にいたメンバーは多分、このママたちなんだろう。確かに私の家に有君の幼稚園の友だちが遊びに来たことはない。何度か誘ったことはあるが、やんわりと断られた。そういうことだったのか……。

「うちの汚い家なら何してくれてもだいじょうぶだから。あ、あと、お礼のお菓子とか、気を遣わないでね！　うちの子もお姉ちゃんもクッキーとかあんまり食べないんだ」

じゃあね。佐々木さんは、そう言って、自分の子どもと有君のうしろを歩いて行く。残されたママたちも、これから隣の駅前にできた雑貨屋をのぞきに行くといって、その場を離れた。一人残されて、ざわざわした心持ちを抱えたまま、私はしばらくの間、その場所に立ちつくしていた。園バスが停まるこの場所は、この町のなかでも、広い敷地と大きな家が並ぶ通りだった。ふと下を見ると、ポーチュラカの茎が塀の下から伸びている。その伸びすぎた茎が、誰かに踏まれたのか、子どもたちが引っ張ったのか、途中から千切れていた。黄色や白や赤紫の小さな花がアスファルトに散っている。枝先を切れば、挿し芽で花がまた咲くのにね。そう思いながら、私はその場をゆっくりと離れた。

「あのね、今、みんなで公園にいるんだけど、有君の姿が見えなくなって」

「えっ！」

「みんなで捜してるんだけど……」

今すぐそちらに行きます、と電話を切って寝室を飛び出た。家に帰ってから何もする気が起きず、ベッドに横になっているうちに深く眠ってしまっていたらしい。玄関の鏡で服装を確認している自分に、そんなこと今はどうでもいいじゃない！　ともう一人の自分が怒り出す。頬にシーツの皺《しわ》の跡がついている。けれど、気にしている場合じゃない。

佐々木さんと、公園で途中で合流したほかのママたちも、公園のまわりを捜してくれているらしい。私は公園に近い商店街や、野球場、図書館、住宅街のなかを捜しまわった。もう夕暮れが近い。万一、車で連れ去られていたら。悪い想像で体がしめつけられる。そうだ、電話。宗君に電話しないと。歩きながら、宗君に電話をかけるが、留守電になっている。メッセージを残さないと、と思いながら、何も言えずに電話を切った。

自分がしっかりしなくちゃ。母親なんだから。そう思った瞬間、なぜだか鼻の奥がつんとしはじめる。いじわるする友だちから当初、私を守ってくれたのはMだった。あの病院の先生が、何かをすっきり解決してくれると思っていた。結婚をしたら、宗君がずっと守ってくれると思っていた。自分が抱える問題を、誰かが魔法のように解決してくれるように思っていた。誰かが自分の問題をすべて背負って、救ってくれるのだと思っていた。頼ってばかりの私をMは嫌い、私から離れていったんじゃないだろうか。

ふいに iPhone が鳴る。

「甲斐だけど……」有君が神社のそばの公園にいると言う。痛む横っ腹を押さえながら、公園に続く、川沿いの道を私は走り続ける。

公園に着いた頃にはもうすっかり日が暮れていた。甲斐さんが教えてくれたベンチを目指して走る。噴水のある池のそばで、白いバスタオルが光っている。目を凝らすと、髪の毛がびしょびしょに濡《ぬ》れた有君が、今にも泣きそうな顔で立っていた。

「有君！」

「ママ！」

有君の隣には、同じようにびしょ濡れの拓斗君が立っている。そのそばには甲斐さんと、髭《ひげ》だらけのずんぐりとした男の人がいた。バスタオルを頭からかぶった有君を抱きしめた。濡れた細い腕で、有君が私の腰に手をまわす。まだ、水滴が落ちる髪の毛からぷん、とどぶのようなにおいがした。

「こいつら、池に近づいてザリガニ取ろうとしたみたいでさ。おれ、ここのベンチに座って遠目で見てたんだけど。気がついたら池に落ちてた」

そう言いながら、ははは と大声で笑う。

「笑いごとじゃないわよ！　たまたまそばにいたからいいものの」

甲斐さんが男の人を怒鳴りつける。

「失業者だってたまには役に立つだろ」

あぁ、甲斐さんのだんなさん、と思い頭を下げて言った。

「ほんとにすみませんでした。うちの息子がご迷惑をおかけして……」

「そんなのいいよ。このままじゃ帰れないし風邪引いちゃうから。うちでシャワー浴びて。すぐそこだから。ねぇ……あなたも着替えたほうがいいね。シャツ真っ黒だよ」

私の言葉を遮るように言い、甲斐さんはさっさと歩き出した。

言われて視線を落とすと、白いシャツのおなかの部分を中心に、有君が抱きついた部分が泥でしみになっている。

歩き出した甲斐さんのあとを、拓斗君とだんなさんがついていく。いいのかな、と思いながら、私も有君の冷たい小さな手を握って、みんなに続いた。

「ごめん……有君いたわ。拓斗君と神社のそばの公園に。ほんとにごめんなさい。みんなに心配かけて」

「えっ！　拓斗君と……でも、見つかって良かった」

甲斐さんの家で有君がシャワーを使っている間に佐々木さんに電話をし、何度もあやまった。甲斐さんの家は、川沿いの道を少し上がったところにある古い一軒家で、どこか私の実家を連想させた。玄関には紐《ひも》でくくった新聞紙、たたきにはたくさんの靴が散らばっている。玄関を上がってすぐのところが台所で、ガス台の上にのせられた大きなアルミの両手鍋《なべ》から、煮物のいいにおいがする。甲斐さんは流しに立って、まな板の上で、大根を瞬く間に千切りにしている。包丁が小気味のいい音を立てる。

「汚い家でしょ。びっくりした？」

所在なく台所の隅に立っている私に、甲斐さんが振り返って声をかけ、私の顔を見て大きな声で笑い出す。笑いかたがだんなさんに似ている。

「ねぇ、泥がついて顔ひどいよ。洗ってきて。着替えも貸すから」

さぁさぁ、と台所から押し出されるように洗面所に案内された。洗面所に続く浴室から、有君と拓斗君がふざけあって笑う声が響いてくる。

「ほら！　いつまで入ってんの！　さっさと出なさいよ」甲斐さんがそう言うと、

「はーい！」と二人が同時に返事をした。

素顔になってしまうけど……と思いながら、貸してくれたクレンジングと洗顔料で顔を洗った。これ、着てね、と置いていったピンクのトレーナーに着替える。頭を通すと、ふわりと柔軟剤の香りがした。

「そこ座って。よかったら食べてって。夕飯もうすぐだから」

居間のテレビの前では、だんなさんが缶ビールをのみながら、あられのようなものをつまんでいる。紐の下がった四角い照明、座卓に座椅子。まるで実家みたいだなぁ、と思いながら、だんなさんの向かいに座る。

「のみますか？」缶ビールを片手で上げて、だんなさんがそう言うと、

「あら、チューハイのほうが好きだよね」にやりと笑いながら、甲斐さんが台所から缶チューハイを投げた。冷たい缶を不器用に手のひらで受け取る。

「これも良かったら食べて」

だんなさんがペーパータオルを敷いた木のボウルを私のほうに差し出した。

「あ……これ、揚げ餅《もち》」

「え、知ってるの？」菜箸《さいばし》を持ったまま甲斐さんが居間に顔を出す。

「はい……田舎で母がよく作ってました」

「杉崎さんって東京の人じゃないんだぁ。どうりでそのだっさいトレーナー似合うと思ったわ」

あはは、と笑いながら、また台所に戻っていった。

塩だけを振った揚げ餅は口のなかでさくさくと香ばしい。

「あいつ、口悪いでしょ、ごめんなさいね」だんなさんがそう言うと、

「なんか言ったー」台所のほうから甲斐さんの大きな声が聞こえた。

風呂《ふろ》上がり、拓斗君のトレーナーを着せてもらった有君が、ぴかぴかの頬を光らせて、拓斗君とふざけ合っている。甲斐さんとだんなさんはビールを、私はチューハイをのみながら、みんなで夕食を食べた。テーブルいっぱいの天ぷらや煮物、漬け物。気取りも、誰かにほめてもらおうという虚栄心もない、ごく普通の食事。いつもの習慣で iPhone で写真を撮らなくちゃ、と、バッグに手を突っ込んだが、すぐにその手を戻した。

私の気持ちは写真には写らない。その写真をネットの向こうの見知らぬ誰かに見せる必要なんてないんだ。私の目と耳が、覚えておけばいいんだから。それがいつか、私の記憶から消え去ってしまうとしても。

少し酔って満腹になったせいだろうか、座ったまま、うとうとしてしまった。

「初めて来た人の家でさぁ。寝るぅ、普通？」甲斐さんの笑い声が遠くから聞こえる。

初めて会ったときから、甲斐さんは誰かに似ていると思っていた。突っ伏したまま思

った。そうだ、甲斐さんはMに似ているんだ。だから、この人が苦手だったんだ……。

みんなの笑い声が眠気でまだぼんやりしている私の頭の上に降ってくる。

酔いがまだ少し残ったまま、夜の道を有君と歩いた。手には甲斐さんが持たせてくれた揚げ餅の入ったビニール袋を提げている。有君と二人して、甲斐さんのところで借りた服を着ているのがおかしかった。

「今日、楽しかったね」

「うん！」と有君が私の顔を見上げて言う。揚げ餅をブログにのせたら、どんな反応が返ってくるだろう。このトレーナーを着た写真もアップしてみようか。そう思ったら、なんだかおかしくなって、歩きながら、くすっと笑い声が口からもれた。

「ママがにこにこしてる」有君がジャンプをして私に飛びついてきた。


「ほんとにごめんなさい。……昨日はご心配おかけして」

翌日、園バスから降りてきた有君と共に、佐々木さんに頭を下げて何度もあやまった。

「有君もちゃんとあやまって。ほら」

「だってぼく……」

有君は体をくねくねさせ、斜めがけにした黄色い園バッグの紐をいじってばかりで、あやまろうとしない。

「ごめんなさいは？」

逃げだそうとする有君の腕をつかみ、強く言った。

「……ごめんなさい」消え入りそうな声でつぶやく。

「急にいなくなって。みんなに心配かけたのよ」

「だけど、ぼく、いやだったんだよ。みんながママのこと、嫌いだ、って言うから」

佐々木さんが息をのむのがわかった。みるみる顔を赤くさせて、私から視線を外し、横を向く。胸がちくりとした。なぜだか一瞬、Mの顔が浮かんだ。ここから逃げたらまた同じだ。閉じてはだめだ。黙ってここからいなくなってはだめだ。声が震える。

「ねぇ……今度、家に遊びに来て。おいしい揚げ餅の作り方、この間教わったから」

「……揚げ餅？」目を逸《そ》らしていた佐々木さんが私を見つめる。

「うん。私の田舎でよく作るの。おいしいかどうかわからないけどね。……だから、みんなで遊びに来て。ね」

佐々木さんは、うん、と声を出さずに頷《うなず》いたあと、

「ごめんね……有君の前で変なこと言って」と小さな声で言った。

「いいの……そんなこと。気にしないで」

まるで私たちのやりとりは子どもみたいだ。いや、子どもよりも幼稚で不器用だ。

ふと足元を見ると、塀の下から、ポーチュラカの茎がこの前よりも伸び、また、小さな花を咲かせていた。梅雨が明けて、強い光が降り注ぐ夏になれば、たいした世話をしなくても、次々に花を咲かせる。そのたくましさに私は憧《あこが》れていたのだ。

風に揺れるポーチュラカを見ながら気がついた。
そうだ、私は最近、あの夢を見ていない。

サボテンの咆哮

そう言うおふくろに、空になった茶碗《ちゃわん》を無言で差し出した。

「武博《たけひろ》、おかわりは？」

餃子《ギョーザ》に酢豚、青菜の炒《いた》め物、卵スープ。目の前のテーブルには、大好物ばかりが並んでいる。順番に箸《はし》をつけながら、おふくろがよそってくれた熱々の白飯をかきこむ。慌ててのみこみ、箸で離そうとしても離れない餃子二個をいっぺんに口に入れる。にんにくの香りのする肉汁が口の中にあふれる。

「ほらほら、そんなに慌てなくてもまだあるんだから」

そう言いながらおふくろは顔をほころばせる。おれが食べている姿を見ているのが、何よりの喜びだ、というような表情で。玄関のドアが開き、そして、閉じる音がする。近づいてくる足音。おれの箸が止まる。ダイニングのドアが開いて、父が顔を出す。

「ただいま」

仏頂面でそう言って、使い込まれた黒い革の鞄《かばん》を放り投げるようにおふくろに渡す。夕食の時間にはめったに帰ってくることのない父がここにいることで、部屋の空気が、かすかに緊張しはじめる。父はどさり、と椅子に座り、母の顔を見ずに、「ビール」と、ただそれだけを言う。目を伏せておれは飯を食う。

「武博、お父さんにおかえりなさいは？」

父が手にしたグラスに瓶ビールをつぎながら、おふくろがおれの顔を見る。

口の中に詰まったものを慌ててのみこんで、おれは言う。

「おかえり」

父は何も言わない。おふくろは、おれと父をつなぐ糸電話の糸だ。おふくろという糸がなければ、おれは父に言葉を発しようとしない。それは、父も同じことだった。不可思議な沈黙のなかで、おふくろだけが一人、もうすぐやってくるらしい台風のことを話し続けている。窓が風でガタガタと音を立てはじめる。

その音を聞きながら、これはもう何度も見ている夢なのだとわかっている。

ひどいのどの渇きで目を覚ました。

台風はもう過ぎたのか、と思うほどに夢はリアルだった。中華料理が出てきたのは、昨日、朝方近くまで続いた会社の宴会のせいか。夢のなかで食べた料理と、昨日、食べた料理が同じだった。

まるで、たった今、口のなかに入れたように、舌先に昨日の中華料理の味が残っている。胃のあたりに、どろんとした油膜を張ったような重みがあって、それがなんとも気持ち悪い。もう一眠りしたかったが、今日は妻の早紀《さき》に息子の章博《あきひろ》の面倒をみるように言われていた。寝室のドアの向こうから、テレビの音がする。体を起こすと、頭が重い。カーテンの隙間から青い空がのぞいている。自分の吐く息が酒くさいのがわかる。

「おはよ」

おれの顔を見ると、章博はそれだけ言って、また、テレビのほうに顔を向けた。

「おはよ」

おれもそう言いながら、テーブルの上のメモを見る。美容院に行ってきます。帰りは夕方くらいになります。そう書いたメモを丸めて、ゴミ箱に入れる。ラップが半分めくれた皿から、食べ散らかしたパンケーキが見えた。ラップをかけ直した皿を、電子レンジではなく、冷蔵庫に入れる。おれの胃袋は、粉に牛乳や卵を混ぜて焼いた甘いものではなく、なにか、温かい汁物を欲していた。例えば、おふくろが作っていたような、だしのきいたすまし汁。こんなことは絶対に早紀には言えないな、と思いながら、おれの手は流しの上の棚に、インスタントのお吸い物がないか、探しはじめる。

椅子に座り、テーブルにひじをついて、白い湯気のたつ椀《わん》に口をつけ、一口のむと、はぁーっと、温泉につかったときのような声が出た。もう、午前十時近かった。体がひどくだるい。

「共働きなんだから当然でしょ」

それが早紀の、最近の言い分だった。

確かにうちは共働きだ。妻はこのマンションから歩いて五分のところにある実家の工務店の経理を手伝っている。共働きとはいっても、フルタイムで働いているわけじゃない。章博が幼稚園から帰ってくる時間には、仕事を終え、そのまま自宅に戻る。それほど忙しいわけでもないだろう。その言葉を何度のみこんだことだろう。

おれは平日のほとんど、家で夕食をとることができない。早紀と章博は実家で夕食をとることも多い。二人だけで食事をするよりは、祖父や祖母のいる家で食事をするほうが、早紀と章博にはいいのだろう、とは思う。

営業という仕事がら、酒をのむ機会も多く、家に帰りつく頃には、早紀も章博も布団の中だ。章博と遊んでやる時間もない。だから、休日にはできるだけ章博と過ごす時間を作りたい、と思ってはいるが、なぜ、おれ一人だけが、という気持ちも残る。

「章博、昼、何食べようか？」

新聞を広げたおれの声に振り返り、章博がおれの顔を見る。色白で、ぱっちりとした目元は早紀にそっくりだ。んー、としばらく考えて、

「ハッピーセット？」と小さな声で言う。

わかった、とおれが言うと、章博はまたテレビのほうに目をやる。章博とおれとの間で交わされる言葉はとても少ない。おれに会うのも週末だけで、おれ、という父親に対するデータが少ないのだろう、と思う。章博のことは嫌いではないし、父親として愛情もある。けれど、章博が成長するうちに、おれは、どこかで、心を通わせるための小さなボタンをかけ違えてしまったんじゃないだろうか、とも思う。

二人で自転車に乗ってでかけた。

運動があまり得意ではない章博は、夏休みに猛特訓をして自転車に乗れるようになった。まだふらふらと走る章博のうしろを、ママチャリで追いかける。酔いの残った体に、頬を撫《な》でる秋の風が心地好《よ》かった。

通り沿いにあるハンバーガーショップで、章博におもちゃ付きのハンバーガーセットを食べさせ、自分は細かい氷の入ったコーラのMサイズと、まったく味のしないアメリカンコーヒーをのんだ。

「どこに行きたい？」

セットについてきたアニメ映画のキャラクターのおもちゃを手でいじりながら、章博はまた考える。

「ん――、公園？」

章博と二人で過ごすところと言えば、近所にある公園か、区立の温水プールの二択しかないのだが、水が苦手な章博はあまりプールに行きたがらない。章博くらいの子どもが行きたがるような映画館や水族館に連れて行きたい、という気持ちはあるが、休日に、わざわざ人の多い場所に行くのは、気が進まなかった。章博と二人、公園に自転車を走らせた。

公園は川沿いの高台にあって、園内をアスファルトの道が走っている。その道の所々に白いペンキで横断歩道が描かれ、小さな信号もある。このあたりの子どもたちが、交通ルールを学ぶために造られた公園らしい。子どもたちは、家から乗ってきた自転車で、公園の中をぐるぐると走りまわる。公園脇にある駐輪場にママチャリを停めたおれを気にすることなく、章博は自転車に乗ったまま、左右に欅《けやき》の木が並ぶ公園のメインストリートを走り出した。

いっしょに走っている親たちもいるが、それはごく少数で、ほとんどの親は、ベンチに座ったり、道の脇に立ち、子どもたちが走っているのを、ただ、見つめている。

なかには、仕事用の資料だろうか、膝《ひざ》の上に広げた白い紙の束を真剣な表情で見つめている父親や、立ったまま、本を読みふけっている母親もいた。公園の入り口には大きな管理事務所もあるし、園内の道は、外の道路と通じていないから、子どもが一人で、どこかに行ってしまう心配もない。ママー、パパー、と、走りながら声をかける子どもたちが、自分の前に走ってきたら、顔を上げて、手を振るなり、笑いかけるなりすればいい。つまり、子どもを遊ばせておいて、親たちが手抜きのできる、一息つける公園でもあるのだ。

おれは木のベンチに座り、目の前を通り過ぎていく子どもたちを見るともなしに見ていた。ほかの子どもと同じように、章博もおれの前を通過するたびに、手を振る。

ここにいる親も子も、おれが育った東京東部の下町に比べれば、ひどく行儀がいい。

章博くらいの年齢のとき、おれは、近所の子どもらと徒党を組んで、街中を走りまわっていた。寺と墓場と、商店の多い町で、おれの家のように、親父が銀行に勤めているようなサラリーマンの子どもは少なかった。けれど、仲間外れにされないように、自ら積極的に子どもの輪に入っていき、背も高く、力も強い自分は、いつしかガキ大将のような存在になっていた。寺の賽銭《さいせん》箱の小銭を盗む。墓に手向けられた花をむしって捨てる。自動販売機の下に落ちている小銭を拾って、ジュースを買い、みんなでまわしのみをする。駄菓子屋で万引をして、店主にこっぴどく怒られたこともあった。それが、今の章博と同じ五歳のとき、おれが夢中になってしていたことだ。そういう自分の子ども時代を振り返ると、章博の遊びがどうにも、幼すぎるように思えてしまう。こんなふうに整備された公園で、車に轢《ひ》かれる心配も、誘拐の心配もなく、親に見守られながら、ただ、同じ道をぐるぐるとまわる。はたしてそれが楽しいことなのか、また目の前にやってきた章博に手を振りながら、おれはぼんやりと考えていた。

家に帰ると、テーブルの上に、デパ地下で買ったらしい、コロッケとサラダのパックがあった。おかえり、と、台所のほうからおれと章博に近づいてくる早紀から、美容院のにおいがする。肩くらいまで伸びた髪の毛先には、ゆるくパーマがかかり、髪の色も明るく変えたようだ。

「いいじゃんそれ」

そう言うと、妻は、へへっ、と男の子のように笑いながら、ガス台のほうに歩いていく。早紀とつきあいはじめた頃、髪型を変えたことを口にしないでいたら、ひどくへそを曲げたことがあった。そのことがあってから、美容院帰りの早紀には、忘れないように声をかけるようになっていた。

味噌《みそ》汁だけは作るつもりなのか、早紀は、まな板の上でリズミカルに葱《ねぎ》を切っている。気のせいかもしれないが、その音が、いつもより機嫌よく聞こえる。

「じゃあ、食べようか」

早紀は、コップを倒さないように移動させたり、汚れた口をぬぐったり、章博の食事の世話を甲斐甲斐《かいがい》しくやく。もう赤ちゃんじゃないんだから。その言葉を、咀嚼《そしゃく》したごはんと共にのみこむ。

レンジ台の上のサボテンの鉢が目にとまった。

早紀はよく、百円ショップで小さな観葉植物を買ってきては、部屋のいろいろな場所に置いた。この部屋の日当たりがいいせいなのか、皆、育ちすぎるほど育ち、すぐに植え替えをする必要があった。早紀は部屋を飾ることには興味があるが、植物を育てることには、あまり関心がないようだった。先週も、早紀が放置したままのパキラを植え替えたばかりだった。おれだって特別、植物に興味があるわけではないが、そんなことがどうにも気になってしまうのは、盆栽をいじったり、観葉植物を育てるのが趣味だった父親譲りなのかもしれないと思う。

あのサボテンも時間の問題だ。そう考えはじめたら、狭い鉢で十分に根を伸ばすことのできないサボテンが、たいそう窮屈な思いをしているんじゃないかと思えてくる。

早紀は電子レンジで温めたカニクリームコロッケを箸《はし》で小さく割り、章博の口に運んでいる。週末の夜、家族三人で食卓を囲みながら、おれはどこかに居心地の悪さを感じている。

これがほんとうに、おれが望んだ家族のカタチなんだろうか、という思いがふいに胸にわき上がる。

「うわぁ、もうすぐですねぇ」

フロアの隅から、女性社員のはしゃいだ声が聞こえた。顔を上げると、おなかの大きな女性社員が、産休前に挨拶《あいさつ》に来たらしく、そのまわりを何人かの社員が取り囲んでいた。

「もう、絶対にすぐに復帰するからねぇ」

そう言って張りのある桃色の頬を染める。その姿に昔の早紀を重ねた。

大学を出て、会社に入って三年目に、共通の友人を介して早紀と出会い、つきあいが始まった。私、一生仕事がしたい。出会ったときから、それが早紀の口癖だった。内定をなかなかもらえず、給料がもらえて食べられるなら、もうどんな仕事でもいい、と投げやりな気持ちで就職した自分とは大違いだった。どうしても入りたい会社だったから、すっごく勉強したの。そう話す早紀は、外資系の生命保険会社でマネジメントコンサルティングの仕事をしていた。給与もおれと早紀では、天と地ほど違った。

結婚後もずっと働ける。産休も育休も、ちゃんとしてるから。早紀のその言葉に背中を押されるように、つきあいはじめて三年目の春におれたちは結婚した。翌年にはすぐに妊娠し、章博が生まれる日を早紀は楽しみに待っていた。大きなおなかを抱えながら、章博を預ける保育園を探す早紀の姿が頼もしかった。

妊娠経過も順調で、体重はやや少なめだったものの、章博は何の問題もなく生まれてきた。その当時住んでいた、早紀の職場にほど近い古いマンションで、親子三人の生活が始まった。産院を退院して二週間は、早紀の母が泊まり込みで育児を手伝った。義母がいなくなってからは、忙しい合間をぬって、おれも家事や育児を手伝った。

夜泣きをする章博をあやす早紀をそのままにして、一人でぬくぬくと布団にくるまっていたわけではない。真夜中にミルクを作り、翌朝、眠たい目をこすりながら、三人分の洗濯をしてから出社した。早く帰れる日は章博を風呂《ふろ》に入れ、慣れない手つきで夕食も作った。家族三人で水平線の向こうまで続く大海原に小さなボートで漕《こ》ぎ出したような不安はあったが、それでも、このときは、早紀といっしょにオールを握っているという実感があった。

それが、じわじわと崩れていったのは、章博が三カ月になったばかりの頃だ。

ミルクののみが悪いみたい。うんちが出ないんだけどどうしたらいいかな。仕事の合間に頻繁に電話がかかってくるようになった。おれが会社に行こうとすると、章博を抱いたまま不安そうな顔で玄関までついてくる。帰ると、寝室の電気もつけずに、すやすやと眠っている章博を抱いたまま、布団の上にぺたりと座っている。

初めての子育てで緊張もしているのだろう、と、おれは家にいるときは、できるだけ早紀の話を聞き、自分ができることを手伝った。けれど、おれに不安を訴えているときはまだ良かった。その言葉はやがて、おれをなじる方向に変わっていった。

「育児を手伝う、って、なに。自分の子どもなのに」

「どうして、そんなに私と章博をほうっておけるの」

「なんでお酒のにおいをさせて帰ってくるの。私は息抜きひとつできないのに」

自分に非があればあやまった。けれど、仕事で忙殺されている自分には、できることに限界がある。そう説明しても、早紀は声を荒らげて、拳《こぶし》でおれの胸を叩《たた》いた。仕事で疲れきって、今すぐにでも布団に入って眠りたいおれを、早紀は朝まで責め続けた。

一日中部屋着のままで、化粧もしない。風呂にも入らなくなった。つきあっている最中にも、結婚生活が始まってからも、妊娠してからも、見たことのない早紀がそこにいた。変わってしまった早紀を見ても、自分はまだ楽観視していた。子育てで疲れて、不安定になっているだけなのだと思っていた。時期が来れば早紀は変わるはずだと。

そんな不安定な日々が続いていても、早紀は章博の面倒だけはみていたからだ。

けれど、深夜までの接待が続いたある日の夜、玄関のドアを開けた途端、聞いたことのないような泣き声が鼓膜を震わせた。リビングのカーペットの上で、章博がひきつけを起こしたかのように、泣きわめいている。長い間、泣き続けたのか、声はかすれ、顔は真っ赤だ。額に手をあてると、じんわりと熱い。早紀の姿を探した。トイレを開け、玄関わきの寝室のドアを開けた。ふと、声が聞こえたような気がして、浴室のドアを開けると、浴槽につかった早紀が、顔に手をあてて、すすり泣いていた。

「どうしたんだ！」思わず、怒鳴りつけるように聞くと、

「もう、なんにもしたくない……私、母親失格だから……」

そう言って、ちゃぽんと、顔を湯につけた。その間にも、章博の泣き声はやまない。

リビングに戻り、章博を抱き上げた。むっとするにおいが鼻をつく。ソファに寝かせ、紙おむつを開くと、大量のゆるい便が股《また》の間を汚している。そのまま抱き上げ、洗面所の湯を出し、洗った。新しいおむつに替えてから、ミルクを作り、のませた。見たことのないような勢いで章博は、ごくごくとのどを鳴らす。ほ乳瓶のミルクを瞬く間にのみ干すと、疲れたのか、すぐにうとうとしはじめた。寝室の布団に寝かせ、浴室のドアを開けた。

裸の早紀の腕を引っ張り、浴槽から出して、洗面所で体を拭《ふ》いた。どれくらいの間、湯につかっていたのか、早紀の腕には鳥肌が立ち、指の先が白くふやけていた。ふらふらと立っている早紀が床にしゃがみこむ。

「家に帰りたい……」そう言って、ひきずるような声で泣いた。

「どうして早く相談してくれなかったの」

義母はおれを責めた。正直なところ、そんなこと思いつきもしなかった。今はただ、

出産と慣れない子育てで疲れているだけだ、いつか、早紀は元の早紀に戻ってくれるはず、と信じていた。実家に帰った早紀は、それから二週間、こんこんと眠り続けた。章博の面倒は義母がみた。義母に連れられて行った病院で、早紀は産後うつと診断され、抗うつ剤を処方された。

　おれは、仕事が終わると、早紀と章博の顔を見るために、早紀の実家に通い、終電で、自宅のマンションに戻った。しばらくの間、早紀はおれと口もきいてくれなかった。言葉を発しないことで、おれを責めているのだと思った。

　義母に言葉で、早紀に無言で責められても、自分のどこに非があったのか、いまひとつおれにはわからなかった。時間があれば、早紀や章博の面倒をみた。睡眠時間を削り、接待のための酒席を減らした。

　いったいおれのどこが悪かったのか？

　真夜中、早紀の実家から、しんと静まりかえった暗いマンションに帰り、章博の布団やほ乳瓶、ミルク缶やおもちゃを見るたびに不思議な気持ちになった。スリッパが何かやわらかいものを踏んだ。章博が手に持って遊ぶ、魚を象《かたど》った布製のおもちゃだった。早紀と章博のいる暮らしが幻だったような、自分一人だけ置いてけぼりにされたような、そんな気持ちで、部屋の真ん中にただ突っ立っていた。

　早紀の状態が良くなるにつれ、おれと早紀との関係も修復された。以前と同じように、おれに言葉をかけ、接する。けれど、やはり、以前とはどこかが違う。目にも見えないような薄い、薄い膜が張られたようだった。実家から離れてしまうのは不安だ、と訴える早紀のために、マンションを引き払い、実家の近くに越した。一人で章博を育てるのは不安だ、と、早紀は、昼間は実家に入り浸り、ほとんどの時間を義母とともに過ごしていた。

元の職場に復帰する、という話も早紀はいつからかしなくなった。早紀の収入がなくなることは、我が家にとっては大打撃だが、それが早紀の精神衛生にとっていいことなら、それに越したことはない。おれは早紀が差し出す条件をひとつひとつのんでいった。

章博が一歳になった年、早紀は会社に退職願いを出した。

章博を保育園に預けて、ずっと仕事を続けたいの。そう言っていた早紀はもう、どこにもいなかった。

幼稚園に入るまでは自分の手元でじっくり育てたい。幼稚園に入ったら、実家の仕事を手伝いたい。そう言われれば、反論する余地はなかった。早紀は章博をかまいすぎるほどかまい、母猫が子猫を舐《な》めるように育てた。義母も義父も、そして、父親とともに仕事をしている義弟も、章博をかわいがってくれた。週末には、たびたび、早紀の実家で食事をした。いっしょにいる時間が長いせいか、章博は、おれ以外の大人になついていた。広げた腕を同時に差し出せば、おれよりも、義父の腕に飛びこむ。

この子はほんとうにいい子だねぇ。はしゃいだ義母の声を聞くたびに、おれだけが、部外者なのだ、という気持ちになった。それでも、義父や義母に対する、かすかに苦々しい気持ちはすんなりとのみこむことはできた。しょせんは、血のつながらない他人だ。仕方のないことだと。

ただ、ひとつの気がかりは章博のことだった。どうにも自分になついている実感がなかった。たくさんの言葉をかけても、遊んでやっても、章博が自然な笑顔を見せるのは、早紀や義父母や義弟に対してだ。抱いていても、体をぎゅっとかたくしている章博と、どう心を通わせたらいいのか、そのことがいつも、頭のどこかにあった。まだ小さいうちに、なんとかして、このほころびを繕うべきだと思うのだけれど、そのための針と糸が見つからないのだった。

じっとりと濡《ぬ》れたような庭の土を見ると、東京の東と西では、地質も違うのかもしれない、と思うことがある。自宅のほうでは、こんな水分の多い黒々とした土はあまり見ない。だからこそ、その土の黒さを見ると、実家に帰ってきた気になる。黒い板塀。門をくぐると、玄関まで続く敷石。引き戸を開けると、ちりちりと音がする。墨の香りに混じる、線香のにおい。

「来たよ」

襖《ふすま》を開けて、顔を出すと、冬にはまだ早いのに炬燵《こたつ》に足を突っこんだ父が、拡大鏡を手にして、何かの本をじっと読みふけっていた。

おう、でも、あぁ、でもない曖昧《あいまい》な返事をして、父がおれの顔を見上げる。

部屋の隅にある仏壇には、さっきあげたばかりだろうか、長い線香が煙をたなびかせていた。左右に飾られた生花も枯れてはいない。水も換えてある。線香の灰が落ちている、ということもない。こまめに父が掃除をしているのだろうと思う。線香をあげ、鈴《りん》を鳴らす。小さな写真立てのなかの母の写真は、おれが覚えている母の笑顔で、三回忌を終えたばかりだけれど、父も、自分も、どうしてもまだ、母が死んだ、という実感を持てずにいる。

「昼にしようか」

商店街で買ってきた炊き込みごはんと、卯《う》の花《はな》や、ごま和《あ》えなど、お総菜のパックが入ったビニール袋を掲げるが、父は視線を落としたままで、こちらを見ようともしない。台所に行き、湯をわかした。

日の入る居間とは違って、台所は暗く、ひんやりとしている。

おれがこの家にいたときも、真冬でも暖房器具はなかった。マンションのキッチンにはない寒さだ。冬のある日、おふくろはこの床に倒れていた。ガス台にはやかんがかけられたままで、おふくろの右手には、ぬかがべったりとついていた。そのそばにはぬか床の入った茶色い壺《つぼ》。朝食にぬかづけを出そうとして、そのままだった。沸騰を知らせるやかんの音が止まないことに気づいた父が、倒れているおふくろを見つけた。もう、そのときには、おふくろはこときれていた。

おれが子どもの頃から専業主婦で、ずっと家にいた母だった。

父とおれのために、三度の食事をつくり、家を清潔にして整えた。母がなにか、意見、のようなものを父に言っているのを目にしたことはない。何が好き、とか、何を考えている、とか、母がどんな人間だったのか、それをおれは知らない。母はいつもこの日のあたらない台所にいて、何か、おれと父が食べるものをこしらえていた。

父が銀行で昇進し、接待が増え、真夜中に帰ってきては、玄関先に吐物をまきちらすようなことがあっても、母は黙ってそれを片付け、なかったことにした。母のことを考えると、高性能の空気清浄機を思い浮かべる。空気清浄機がどんな仕事をしているのかなんて、具体的なところは誰も知らない。母がくるくると立ち働くことで、家のなかは、清潔に、安全に保たれていたのに、その働きがどんなものなのか、おれは具体的に知らない。いや、知らなかった。

人が食べ、寝て、生活することに、どれだけの時間と手間が必要か、おれは早紀と結婚をして、章博が生まれてきて、初めてそれを知ったのだ。食べれば、汚れた食器が出る。水まわりは放っておけば汚れる。洗って干した洗濯物は、誰かが畳んで箪笥《たんす》にしまわないと、いつまでも部屋の隅に積み重なったままだ。そういう見えない仕事に気づいたのだ。母はそれをこの家で一人背負っていた。父はそのことに気づいているだろうか。

母が死んで、みるみるうちに、この家は汚れていき、この家に住む父と同じように古びていった。この家に来るたびに、少しずつ老いていく父と、古びていく家を見るのは、楽しいことではない。とりたてて今、父の体に悪いところはないし、頭もしっかりしている。一人で老後を暮らしていくだけの金もある。けれど、この先、もっともっと歳を重ねたら。そう思うと、のどのあたりに綿が詰まったような気持ちになる。

やかんの湯が沸騰した音がして、ガスを止める。

買ってきた炊き込みごはんと総菜をパックから出し、皿にのせた。汚れた皿が増えるだけ、とも思うが、パックからそのまま食べることをひどく嫌っていた母の神経質さは、おれにもあるのだ。椀《わん》に入れたインスタントの味噌《みそ》汁にお湯をそそぎ、お茶の準備もして、炬燵の上に置いた。

おれが座ると、父はテレビのリモコンを手にした。母が生きていた頃、食事時にテレビをつけることは父の権限で絶対に許されなかったことなのに、母が死んでから、父は必ずテレビをつける。おれが来たときは絶対にそうだ。沈黙に耐えられないのだろうと思う。

線香の香りが濃く残った部屋で、父と、もそもそ口を動かした。

この年齢になっても、父と二人で食事をしていると、おれの体のどこかが緊張していることがわかる。母が生きていた頃、平日の夜はおれが王様のように食べたいものを食べたいだけ食べていた。けれど、休日にはその主役が父にとってかわられた。父のいる休日の食事がおれはいやでたまらなかった。ビールをのみながら、父はつまみを食べ、長い時間をかけて食事をする。碗《わん》によそった白米を口にするまで、ゆうに一時間はかかった。おれと母がとっくに食べ終わっていても、食卓から離れることを、父は許さなかった。

沈黙を怖れるように、母がしきりに話しかけるが、父は、あぁ、とか、そうだな、とか、短い言葉しか返さず、自分のペースで食事をしていた。母は、おれのことも気にして、果物の皮を剝《む》いたりする。おれと父は、全方位で気遣う母を気遣うことなく、やりたいように、やりたいことをやり、不満を口にして、時にはそれを母にぶつけた。けれど、もしかしたら、そういう日々のもろもろ、遣いすぎるほど気を遣う母の性格が、母の命を縮めたのではないかと思うことがある。

目の前で、おれが買ってきたごま和えに箸《はし》を伸ばす父は、母の葬式でも泣かず、喪主を務めた。簡単に涙など見せないのが、父の世代の男、だとしても、父は母の死に対して、どんなことを思っているのか、その感情がどうにもつかみにくい。

考えてみれば、父と話らしい話をしたこともない。高校受験も大学受験も、就職も、結婚も、まずは母に相談し、母が結果だけを父に伝えた。大学に受かっても、就職が決まっても、おめでとう、などと言われた覚えはない。おれと、章博もおんなじことをくり返すのかな、と思うことがある。けれど、それはいやなのだ。父とおれの関係を、そっくりそのまま、おれと章博が受け継いでしまうことが。

父は、見るともなしにテレビに目をやり、口のなかのものをゆっくり咀嚼《そしやく》している。父のそばにある湯吞《ゆの》みに、お茶を注いだ。父は箸を置き、おれがいれたお茶をゆっくりとすする。一月に一度くらいしか会わない父だけれど、おれが来ない日、ひとりで食事をする父の姿を想像したら、なんだか胸のあたりをつままれたような気がした。

「今度さ、章博連れてくるから」

そう言うと、かすかに頷《うなず》き、椀のなかの味噌汁を音も立てずにのみこんだ。

洗い物を終えて、部屋の隅に畳んでおいたコートに袖《そで》を通すと、庭に立つ父が見えた。それほど多くの鉢があるわけではないが、盆栽を遠目に見たり、近づいたりしては、所々にハサミを入れている。それはおれが小さな頃から目にしていた休日の父の姿で、けれど、その父の髪がもうほとんど白いことや、背中が前見たときよりも丸くなっていることに、おれはまた、さびしさ、とも呼べないくらいのかすかな感情の動きを、心のどこかで感じているのだった。

父の家から戻り、自宅のドアを開けると、きゃー、という章博の声が聞こえた。

玄関には章博の運動靴がひっくり返り、そのそばに大人の靴が並んでいる。ただいま、と声をかけるが、返事はない。

リビングのドアを開けると、そこにいた皆がおれを見て、口々に、おかえり、と言った。義父と義母がソファに座っている。章博はコントローラーを手に、テレビゲームの画面に夢中だ。ゲームは小学校に上がってから、と、早紀と二人で決めたはずだが。

「ごはんは？」

キッチンにいた早紀がおれに声をかける。

「あ、あぁ、食べてきたから」

「今日ね、ほら、あそこに、道沿いに大きな家電の店ができたじゃない」

義母がリビングに入ってきたおれを見て言った。

「そこのね、オープン記念の抽選でね、当てちゃったのよこれ」

章博が手にしているコントローラーの角度が変わると、画面のなかを走るカートの角度も変わる。

「章博、おかえりなさいは？」早紀が声をかけるが、ゲームの音で聞こえないようだ。

「お父さん、どうだった？」義父がおれに声をかける。

「いや、別に変わりなくですよ。元気でやってます」そうか、それがいちばんだからな、と言いながら、義父は手にしていた缶ビールをあおった。

「ほら、もうおしまいよ章博。ゲームは一時間だけって約束でしょ」

そう早紀は言うが、やだ、とこちらも見ないで返事をするだけでゲームをやめようとしない。じゃあ、あと五分だからね。と、ため息をつきながら早紀が言う。おれはダイニングテーブルの椅子に座り、今日の新聞を広げた。義父と義母が家に来ることについては何とも思わないが、話が弾むというわけでもない。どことなく気詰まりな気持ちを抱えたまま、おれは朝に一度読んだ新聞に目をやった。

「ほら、もう終わりでしょ。約束！」

早紀がそう言ったものの、章博は無視した様子で、ゲームをやめない。

「章博！」という早紀の声にも反応しない。

「まぁ、いいじゃないの。楽しそうにやってるんだから」

義母の態度はいつもそうだ。義父も反論しない。初孫である章博を甘やかす。そう言われると、なぜだか早紀も何も言わなくなる。やったー！　と章博が画面に向かって声をあげた。

「いい加減にしなさい」

声の大きさに驚いたのか、章博が怯《おび》えたような顔で振り返り、おれを見た。

「お母さんと約束したんだろ。もう終わりにしなさい。それにゲームは小学校に入ってから、って言ったよな」

そう言いながら、多分、さっき、義父が苦労して接続したばかりの、ゲーム本体とテレビをつなぐジャックを抜く。章博の手からコントローラーを半ば奪うように取り、床に置いたままの箱に入れた。

うあああああん、と、顔を天井に向けて章博が泣きはじめた。

その泣き声だけが、しん、と静かになったリビングに響く。誰も何も言わない。おれは、ゲームの箱に本体とコントローラーをしまう。それを見て章博が床に転がって泣きはじめた。滅多にこんなふうには泣く子どもではないが、一度、駄々をこねはじめると、いつまでもしつこく泣き続ける。

早紀が近づき、章博の腕をとって起き上がらせようとするが、その腕を払って、手足をばたつかせる。その拍子に足がぶつかり、テレビ台の脇に置いてあった、小さな鉢が床に落ち、中のサボテンと乾いた土が床にこぼれた。

「いい加減にしないか！」

言いながら、章博の太腿《ふともも》のあたりをはたいていた。叩《たた》かないで！　咄嗟《とっさ》に早紀が叫ぶ。義父や義母はソファに座ったまま、何か言いたそうに、泣いている章博を見ているが、おれがいる手前、口を開けないのだろう、という気がした。

「ほら、もうこれ、しまっておけ」

テレビゲームの箱を早紀に押しつけると、どうにも納得できない、という顔で、箱の上をただじっと見つめている。生まれたばかりの章博の子育てに悩んで、おれをなじっていたときのあの表情だ。どうしろっていうんだよ。そう、心のなかでつぶやきながら、「お義父《とう》さん、お義母《かあ》さん、お騒がせしてすみませんでした。せっかくいただいたものを」と、義父と義母に頭を下げた。

「ちょっと厳しいんじゃないかねぇ……」

眉間《みけん》に皺《しわ》を寄せて、義母が言うと、義父がソファから立ち上がった。

「この家にはこの家のルールがあるんだから。早紀と武博君の。それをおれたちが壊したらいけないだろ」と言いながらも、義父の顔は笑っていない。

「じゃあ、また来るわね」そう言いながら、帰ろうとする義母と義父のあとを早紀が追う。章博も立ち上がり、おれの横をすりぬけるようにして、玄関に向かった。

どうしろっていうんだよ。

おれは心のなかでもう一度、さっきと同じことをつぶやきながら、床に転がったサボテンを見ていた。そっと手を伸ばすと、思いのほか長いサボテンの針が指先に刺さった。ちくり、という痛みに、指先を見るけれど、針がどこにあるのか、肉眼で確認することはできなかった。


「二人三脚?」

「そう。章博の園の運動会。希望者だけだけど、父親参加のプログラムがあるんだって。父母会から、出てくれないか、って頼まれちゃって。少し、練習しておいたほうがいいかなぁって。……ほら、章博、運動が、ね。得意じゃないから」

早紀がそう言ったのは、運動会を一週間後に控えた土曜日のことだった。そういうことなら、と、川沿いの公園のそば、遊具などが何もない緑地まで、三人で足を延ばした。どこで用意したのか、早紀はハチマキのような細長い布を持っている。

「ほら、章博。お父さんのここに足くっつけて」

そう言いながら、おれと章博の足を布で結ぶ。くすぐったいわけでもないだろうに、章博がくすくすと笑う。

「こっちの足を最初に出すんだよ。いい?」

早紀はコーチ役のつもりなのか、おれと章博の前に立ち、せーの、と言いながら、先導しようとしている。

「いくよ？　いい？　スタート！」

おれの足に引きずられるようにして、章博も足を前に出す。最初は勝手がわかっていなかったようだが、早紀の、一、二、というかけ声にうまく乗れるようになると、足もスムーズに前に出るようになった。早紀はおれたちの横を歩きながら、足の動きをチェックしている。上手、上手、というかけ声に章博もうれしそうだ。

「あそこの木のとこまでね！」

早紀が目の前にある背の高いポプラを指さした。その少し手前でリズムが狂った。前に倒れそうになった章博の足に引きずられるように、おれの体が前傾姿勢になる。あ、と思ったときは遅く、かたく、乾いた土の上に、おれと章博は無様に倒れこんだ。

「章博！」

そう言いながら、早紀がおれと章博の足をつなぎとめている布をほどく。おれと章博の服が土で汚れている。章博は泣いていない。足をひねった様子もないようだ。

「もう一回やる！」

勢いのある楽しそうな章博の声に思わず早紀と顔を見合わせた。

「よーし！　がんばろ！」

早紀が声をあげ、二人の足をまた、布で結んだ。

それから何度、練習をくり返したことだろう。白く乾いた土に砂埃《すなぼこり》が舞い上がる。

早紀のかけ声に合わせて、おれも章博も声を出した。章博は何度も転びそうになったが、そのたびに、おれが小さな体を抱えて、体勢を整えた。スムーズにゴールできるようになった頃には、長袖《ながそで》シャツの下に汗をびっしょりかいていた。

　章博と二人、笑いながら、芝生の上に寝転んだ。

「すごいね。もうできるね。パパが上手にリードしてくれるから」

　早紀が弾んだ声でそう言い、章博のおなかをトレーナーの上からくすぐると、章博が体をくねらせて笑った。早紀の言葉におれのどこかがくすぐったくなったのも事実だ。

　のどかわいた、という章博に小銭を渡し、ジュースを買ってくるように言った。広場を出たところにある自動販売機に向かって、章博が早紀と共に行く。戻ってきて、おれにジュースを渡し、のどを鳴らして自分のジュースをのむと、遊具のある一角を指さして、

「遊んできていい？」と聞く。

「もちろん」と早紀が答えると、蛍光イエローに塗られたジャングルジムを目指して駆けていく。その背中を目で追いながら早紀が言った。

「あのね……」

　そう言ったあとに、章博が残した缶ジュースに口をつける。

「お父さんが、ね……」

　ん、と言いながら、おれは早紀の顔を見た。何か言いにくいことなのか、しばらくの間、口を閉ざしている。

「どした？」

「うん……まだ、ずっと先の話だとは思うんだけど……」

目の前を小学生くらいの男の子たちが駆けて行く。そのなかの一人が派手に転んだが、すぐに立ち上がり、ほかの子どもたちのあとを追った。

「実家がもう古いでしょ。もう少ししたら建て替える予定ではあったんだけど。それでね、そのタイミングで……」

二世帯住宅にして同居しないかって。ふくらんでいたシュークリームの皮がしぼんでいくように、心のどこかから空気が抜けていくような気がした。早紀のひそやかな声を鼓膜にとどめながら、ふと、公園のほうに目をやる。同じ幼稚園の友だちだろうか、同年齢くらいの男の子と、ジャングルジムをくぐったり、まわりを駆けまわったりする章博の姿が見えた。

いつかはそんな話をされるんじゃないか、とは頭のどこかで思っていた。だから、こうして、おれの機嫌をよくしておいて、切り出したのか……。いや、それは考えすぎだろう、という、二つの思いが揺れる。

「すぐに答えを出さなくてもいいと思うんだけど。この前、お父さんとお母さんが家に来たのは、そういう理由もあったの。……まぁ、両親はいずれ、私が面倒をみるつもりでいたしね。それに私……」

義父母の介護の話など、早紀と今まで一度もしたことがない。いつかはやってくる出来事ではあるが、そんなことを早紀が考えていたなんて知らなかった。

「この前の……」

そう言う、おれの顔を早紀が見る。

「この前？」

「この前のおれを見て、そう思ったのかな？……ゲームのことで章博を叱ったろ？　おれが厳しいんじゃないかって」

「違う違う。ずいぶん前からあった話だよ」

おれの言葉に早紀がかぶせるようにそう言うが、おれが黙っているので、早紀も口を閉ざしてしまった。重い沈黙が、おれと早紀の間に横たわる。多分、そんなふうなことを義母に言われたのだろう。

「なんとなくおれは、信用されてないのかなぁ……」

否定してもらいたくて言ったのに、早紀は何も言わない。何気なく口にしたにしては、それは本音すぎる本音だった。その言葉がおれと早紀との間に、ひやりとする何かを作ってしまった、と実感したときには、何かが決定的に遅かった。

ジャングルジムのほうに目をやると、章博がそのてっぺんに座っているのが見えた。何を言っているのかは聞こえないが、おれと早紀に向かって手を振る。早紀も笑顔で手を振る。おれも手を振るが、笑えはしなかった。章博はあんなにも自然におれに向かって笑ってくれているというのに。

そう思ってはみたものの、結局はあの笑顔も、早紀だけに向けられたものかもしれないと思ってしまう。ねじれて、こじれた、自分の心の狭さに苦笑しながら、さっき早紀の言った同居という言葉に、どうしても納得できない自分がどこかにいた。

運動会が行われる日曜日は気持ちよく晴れて、場所取りをするために、午前七時から、園の門の前で並んだ。おれと同じ役目を担っているのは、ほとんどが父親で、門が開くと同時に、皆、早足で門をくぐり、自分の子どもがよく見える席にカラフルなビニールシートを敷いた。

家に戻ると、早紀がお弁当のための唐揚げを揚げていた。ダイニングテーブルに置かれたプラスチックのお重には、すでにおにぎりが詰められ、あとはおかずを詰めるだけになっている。今日は、義父も義母も来るので、大人四人と章博のための弁当が必要になる。早紀は、昨日の夜から弁当の準備をしていた。

章博は、すでに体操着に着替え、戦隊もののテレビを観ている。

「今日、がんばろうな」

そう言いながら、章博の背中から抱きついた。くすぐったそうに体をよじらせながら、それでも、うん、と返事をする。テレビゲームで叱られたことで、なんとなくおれと距離をとっていた章博は、この前の日曜日の二人三脚の練習で、再び、おれに甘えるようになった。早紀がそのつもりで、あの時間を作ってくれたのだとしたら、それはおれにとってありがたいことだった。けれど、あの公園での午後以来、早紀とおれとの間には、まだ、ぎくしゃくとした空気が流れていた。

テレビ台の横には、この前のサボテンの鉢が、簡単に土をかぶせた状態で置かれている。早くきちんと植え替えないと、と思いながら、そのままになっていた。

章博の幼稚園を選んだのは、早紀だ。このあたりではいちばんいいのよ。具体的なことはなにひとつ言わなかったが、早紀が生まれた町に昔からある幼稚園で評判がいいのなら、それは間違った情報ではないのだろうと思った。確かに、まわりのビニールシートに座る家族を見ても、どこか皆、穏やかな雰囲気が似ている。それがまた、おれの居心地を悪くする理由のひとつでもあるのだけれど。

早紀は今日、駐輪場の係を担当しているようで、弁当を置いたまま、腕章をつけて、同じような役割の母親たちとどこかに行ってしまった。義父と義母と同じビニールシートに座り、園児たちを眺めた。章博の徒競走や、お遊戯が始まると、ビデオを抱えたおれの隣で、義母が、章博くーん、と声をあげる。義父は声こそあげないが、にこにことうれしそうだ。

あの日以来、早紀と、同居の話には触れずにきた。いっしょに暮らせば、義父と義母とはもっと距離が近くなる。早紀のためを思って、この町に引っ越してきた。そのことに納得はしていたけれど、同居はまた、別の大きな問題だ。妻の家族と、ひとつの大きな家族になって、そこに巻き込まれてしまうことに抵抗があった。そんなことをぼんやり考えていると、ふいに肩を叩《たた》かれた。振り返ると、早紀が立っている。

「もうすぐだって、二人三脚。みんな集まってるから、パパも」そう言いながら、正門近くを指さす。子どもと手をつないだ父親たちがぱらぱらとそこに並びはじめていた。

「あら、大変ねぇ。怪我しないでよ」

心配そうな義母の声を聞きながら、スニーカーの紐《ひも》をきつく結んだ。

章博と手をつなぎ、先生に指示された順番で並んだ。園児とその父親、四組ずつが走るらしい。少しずつ順番が近づいてきた。

「章博、がんばろうな」

手をつないだまま章博の拳《こぶし》を揺らして言うと、うん、と大きな声で返事をした。

白い線の前に並ぶ。先生のピストル。声をかけながら、章博と進む。順調に足を進めるが、園庭のカーブはきつい。前を走っていた親子が派手に転んだ。おれが足を前に出し過ぎたせいで、章博の体がぐらりと揺れる。体勢を立て直しながら進むが、おれと章博の横を、一組の親子が簡単に抜き去っていく。なんで、こんな競技でムキになってい るんだろうと思うが、それを見て、また、足が大きく前に出て、今度はおれの体が傾く。つられて、章博の体も傾きそうになる。小さな肩を抱えて耐え、足をもう一度前に出そうとするが、おれと章博のペースは揃わない。また、その横を一組の親子が走っていく。せーの、一、二、一、二、と声をかけて数歩進んだところで、足がもつれ、おれと章博は派手に転んだ。すぐにまた、体勢を立て直し、おれと章博は前に進もうとする。

あきらめないで！　がんばって！　園長先生だろうか、男の人の声がマイクから響いた。見学席からも、がんばれ！　という声があがる。どうやら、おれと章博が最後の一組になってしまったようだ。皆に注目されている、という緊張と恥ずかしさで、また、足がもつれそうになる。ふと下を見ると、章博がぎゅっと口を結んでいる。あと少しだ。先生たちが持っているゴールテープに体が触れると、皆の歓声と拍手が聞こえてきた。

ビニールシートに戻ってくると、不満げな声をぶつけたのは義母だった。

「ほかのお父さんは、ちゃんと子どものペースでやってるのに」

おい、やめないか、という義父の声も無視して、義母は、おれに言葉を放ち続けた。おれは黙って、ペットボトルのスポーツ飲料をのみほした。

「だから、早紀だって、章博が生まれたとき、あんなふうになっちゃったのよ……」

義母がいちばん言いたかったことはそれなんだろう、と思った。いい大学に行き、いい会社に入り、結婚をしても、子どもを産んでも、仕事を続けたい、と言った自慢の娘。その娘を、おまえがもっとしっかり支えていれば。それが義母の本音でもあるのだろう。

運動会は午後三時過ぎには終わり、義父と義母とは園で別れた。

「無理に走ろうとするから……」

ソファに座った章博の膝《ひざ》に絆創膏《ばんそうこう》を貼りながら、早紀が不満げな声をあげた。

早紀の言葉に、章博が不安げにおれの顔を見る。

「ぼく、転んだけど、ぜんぜん痛くなかったよ……」

そう言いながら、早紀の前から逃げ、子ども部屋に入り、ドアを閉めた。おれと早紀との間に漂う、不穏な空気を感じているのかもしれなかった。

「章博、泣きそうな顔してた」

薬箱に絆創膏をしまいながら、義母と同じトーンで早紀はおれに不満をぶつけた。

「かわいそうに。恥ずかしかったのね」

うるさい。という言葉が、自分が思っている以上に大きな声で口をついて出たことに気づいたのは、怯《おび》えた表情で早紀がおれを見ていたからだ。

「どうして早紀はお義母さんと同じことを言うんだ。同じ人間じゃないのに」

早紀は黙ったまま、おれを見つめている。

「なんでも、おれはやってるじゃないか。やってたじゃないか。章博が赤んぼうのときだって、今だって。早紀に言われたことはおれはおれなりにやってきたつもりだ……。早紀の望むままにやってきたよ。それで、何がいったい、不満なんだよ?」

だって。そう言ったまま、早紀は言葉をのみこむ。

おれと早紀とのやりとりを、ドアの向こうで章博が聞いているはずだ。今すぐ、こんな言い争いなど、やめたほうがいい。頭ではそう思うけれど、口から言葉があふれてくるのを止めることができない。

「この町に来たのも、お義母さんたちのそばに住むのも早紀の希望だ。おれはそれを全部のんできたんだ。早紀と章博のためを思って。そしたら今度は同居したい、って。おれの意見なんて、最初から聞く気はないじゃないか」

違う。小さな声で早紀は言ったが、おれは今さらそんな言葉なんて聞きたくなかった。

「仕事もせいいっぱいやってんだ。休みの日だって、章博の面倒みてるつもりだよ。それの何が不満なんだよ。仕事も、家庭のことも、子育てのことも、全部完璧《かんぺき》にできる父親なんているかよ。なんでできないとこだけ見るんだよ。早紀だって」

早紀がおれの顔から目を逸《そ》らした。

「早紀だって、家のことも、仕事も、子育ても、それ全部やろうとして、だめだったんじゃないか。子育ての最初の、最初で」

やめて、おねがい。その声が泣き声に変わっていることに気がついて、おれは口を閉ざした。

「私が今日のこと、あんなふうに言ったのが悪かったの。ごめんなさい。許して」

そう言う早紀の顔は、いつもの早紀ではなく、乳飲み子だった章博を暗い部屋でただじっと抱えていた、あのときの顔だった。床に座り込み、俯《うつむ》いて、泣いている。その顔を見て、急に強い罪悪感がわき上がってきた。

「おれも、言い過ぎた……」

悪かった、と一言言いたかったけれど、どうしてもその言葉を声にすることはできなかった。早紀はそれ以上泣きはしなかったが、もしかしたら今までもおれが知らないうちに泣くことを我慢させていたんだろうか。自分では気づかない傲慢《ごうまん》さが、おれの体から腐臭のように漂っているのではないかと思うと、どうにもいたたまれなくなってくる。

「ちょっと、そこのコンビニ行ってくる」

買うものなどなかったのに、頭を冷やしたくて、玄関ドアを開けた。

外の廊下から見える西の空は、もうすっかり夕方のオレンジ色に染まっていた。

かすかに吹く風には、すでに冬の空気が混じっている。吹き付ける風の冷たさに、シャツ一枚の腕をこすりながら、なぜだか妙に、自分が生まれた町に帰りたくてたまらなくなっていた。


「ぼくもいっしょに行きたい」

翌日の朝、早紀に、父に会いに行くことを告げると、章博が珍しくおれの腕にぶら下がりながら言った。早紀とは正反対に、章博は、二人三脚の練習以来、おれに妙になついている。

「ぼく、スカイツリー見たいんだもん」

章博の言葉に早紀は何も言わずに頷《うなず》く。昨日の出来事のせいもあって、家族三人で過ごすのもなんとなく気詰まりだった。章博と遠出をするのも、実家に連れて行くのも久しぶりだ。父も喜ぶかもしれない。章博に上着を着せる早紀の顔に明るい表情はないが、それでも家を出るときには、

「おじいちゃんによろしくね」と、章博に声をかけていた。

私鉄と地下鉄を乗り継ぎ、地上に出ると、道の右側、ビルとビルとの間に見えるスカイツリーに章博がうわぁぁと声をあげた。章博がこの前、この町に来たときから、二年以上が経っている。そのときはまだ三歳になったばかりで、記憶があるかどうかも曖昧《あいまい》だ。

川沿いを歩き、迷路のような細い道を辿《たど》って、家に着く。この家のことも覚えていないのか、章博は自分が生まれ育ったマンションとはまったく違う、黒い板塀に囲まれた家を、物珍しそうに眺めている。

「来たよ」

そう言いながら、玄関の戸を開けた。章博がおずおずと家に上がる。

居間の襖《ふすま》を開けると、炬燵《こたつ》に入った父が、おう、来たか、と右手を上げて、こちらを見た。章博は体をぎゅっとかたくして、居間の入り口に立っている。

「章博、炬燵に入りなさい」声をかけると、

「炬燵?」と言いながら、部屋のなかをきょろきょろと見まわす。

「章博は炬燵を知らないのか」と言いながら、父が炬燵布団をめくった。その顔は決して笑ってはいないが、厳しい表情をしているわけでもない。

そばに座った章博に、父が派手なイラストがプリントされている紙袋を差し出した。

章博が開けると、パズルやブロックが入っている。

「このうちには、子どもが喜ぶものがなんにもないからなぁ」

そう言って表情をかたくする。照れているのだろうか、とふと思ったが、いつか章博が来る日のために、父が一人でおもちゃ屋に出向き、買ってくれたのだとしたら、それは大きな驚きだった。おもちゃだって、本だって、自分が子どもの頃には買ってもらったことがなかったのだから。章博はさっそくパズルで遊びはじめた。おれは台所に立ち、父のために煎茶《せんちゃ》を、章博のためにココアを淹《い》れて、炬燵に戻った。章博はパズルのピースを笑いながら父に見せ、それをしかるべき場所にはめていく。どこに置いたらいいのかわからないときは、父がその場所を黙って指さす。

二人の間にたくさんの言葉はないが、それでも、この二人には、確かに血のつながりがあると感じられるようなやりとりが続いた。秋の太陽がぽかぽかと背中にあたる。二人を見ているうちに、うつらうつらとした眠気がわき起こる。

ちょっとごめん、と言いながら、横になったときには、自分の瞼《まぶた》はもう閉じていた。炬燵で眠ってしまった自分に、毛布をかけてくれたのは、死んだはずの母だった。

「こんなところで寝てしまうと風邪引くわ」

そう言って台所のほうに、スリッパでパタパタと音を立てて歩いていく。何かを刻む包丁の音。だしの香り。何かを油で揚げる音。おなかがぐうううっと鳴った。

「お父さん、言葉は少ないけれど、お母さん、お父さんの言いたいことはわかるのよ。やさしい言葉をかけられたって、態度がそうじゃなかったら、なんだか悲しいじゃない。お父さんはね、やさしい人よ。私がそう思ってるんだからいいじゃないの」

誰に話しかけているのか、母は台所に立ちながら、ずっと話を続けている。

「武博も、お父さんに似ているところがあるから、人から誤解されることもあるかもねぇ。お嫁さんとか大変よ。でもね、早紀さん、とってもいい人よ。私もこれで一安心。章博も生まれたんですもの。いつだって向こうに行けるわ。でもねぇ、章博の成長が見られないのは残念ね。赤ちゃんのときしか見られないなんて」

母が死んだのは章博が三歳になる直前だった。章博が生まれたとき、産院に来た母は、私が触ってもいいのかしら、と言いながら、そっと手のひらで頬を撫《な》でた。

自分の目からすうっと涙が一筋落ちて、耳のほうに流れていくのに気づいた。うっすらと目を開けると、縁側に座る父の背中が見える。

「おじいちゃんはここにひとりで住んでるの？」

章博の声はするが、姿は見えない。どうやら、父のあぐらのなかに座っているようだ。

「そうだよ」

「さびしくないの？」

「おばあちゃんもいるからなぁ」

「おばあちゃん、ここにいるの？」

「ここにはいないけど、おばあちゃんと暮らした家だからな、ここは。……一度なかよくなった家族は離れないほうがいいんだよ。章博だって、お父さんとお母さんとずっといっしょだろ」

「うん、ぼく、お父さんとお母さんだいすき」

「そうだなぁ。お母さんはお父さんと章博の世話をして、お父さんはお母さんと章博のために、一生懸命働いているんだものなぁ……。そんなこと、誰にでもできるようで、誰にでもできることじゃないんだ。章博のお父さんはなぁ、えらいんだぞ」

　おれだけじゃない。親父もだ。そう心のなかでつぶやきながら、はなをすする音に気づかれないように、瞼の上に腕を置いて、目をぎゅっと閉じた。

　駅まで続く商店街を、父と章博と三人で歩く。左側にスカイツリーが見える。この町に来るたびに少しずつできていくツリーに違和感があったけれど、できてしまえば、もうずいぶんと昔からその場所にあったような気がした。

「また、遊びにおいで」

　そう言うと、父は駅まで行かず、果物屋の店先でくるりと背を向け、今来た道を戻りはじめた。おじいちゃん、ばいばーい、という章博の言葉にも振り向かないまま。

　電車のなかで眠ってしまった章博をおんぶして、家に着いたときには、もうすっかり夜になっていた。おれの背中から章博を受け取り、早紀が子ども部屋に連れて行き、布団に寝かせた。

　おでん、だろうか。キッチンから、何かをコトコトと煮こむ香りと音がする。

　ダイニングテーブルの上には、この前、章博が落としたサボテンの鉢が新聞紙の上に置いてあった。子ども部屋から戻った早紀は、手に棘《とげ》が刺さらないように、分厚いゴムの手袋をつけて、サボテンを鉢に入れ、そのまわりにサボテン用の白い乾いた砂を詰めようとしている。その作業を手伝った。小さなプラスチックのスプーンで、サボテンのまわりに砂を少しずつ注いでいく。

「昨日、ごめんね。言い過ぎて……」目を伏せたまま、ぶっきらぼうに早紀が言う。

ん、と言いながら、おれは、ビニールの袋から、スプーンで砂をすくう。

「こういうの、今、全部、百円ショップに売ってるんだね。サボテン用の砂も、手袋も」

頷いたまま、サボテンのまわりに少しずつ、砂を落とす。

「おれも悪かったから」

「うん、いいの」

あのね、早紀が言葉を続ける。

「同居したい理由はね」

手を止めて早紀の顔を見た。

「……いつか、仕事がしたいからなの。もう一回。章博が小学校に入る頃には。でも、まだ自信もないの。だから、お母さんにいろいろ手伝ってほしくて。でも、あなたの意見を最初に聞かなくてごめんね」

「そっか……」

「だから、これから、いろいろ話したいの。あなたと」

うん、と言い終える頃には、サボテンのまわりにはもう十分に砂が満たされていた。おれは、とんとん、と鉢の底をテーブルにぶつけて、砂を落ち着かせた。ありがと。早紀が小さな声で言った。ほんとにありがと。あのときも。早紀の腕がおれの首に伸びた。その瞬間、早紀のセーターがサボテンの先端にひっかかり、植え替えたばかりのサボテンと砂が、テーブルにこぼれた。ふっ、あはは、と、どちらからともなく、おれと早紀は笑う。

「もう一回やればいいんだ」

そう言って今度は、おれが分厚いゴムの手袋をはめた。そうして二人、黙ってサボテンの植え替えを続けた。

ゲンノショウコ

「ふーちゃん、バスがもうすぐ来ちゃうよ」

「まってぇ、まだ、ヨーグルト食べてないもん」

そう言って、風花《ふうか》はプラスチック容器にスプーンを突っ込み、ヨーグルトをすくうと、ゆっくりと口に運ぼうとする。

あと、五分もしないうちに社宅の前に幼稚園のお迎えバスが来る。食事のあとに歯磨きもさせたい。エレベーターのない古い社宅の三階、風花の手を引いて階段を下りていくだけでも時間がかかる。早めに起こしているのに、なんで、毎日こうなんだろ。もう幼稚園の年中さんなのだから、自分でできることは自分でさせたい。パジャマから洋服に着替える。顔を洗う。けれど、そのひとつひとつに、やたらに時間がかかるのだ。

つけっぱなしのテレビから、今日の星占いが流れてきた。私の運勢は十二位。最下位じゃないか。まずい。もうバスが来てしまう。除菌ティッシュで風花の口をぐい、とぬぐい、麦茶をのませる。黄色いバッグを斜めがけにして、靴を履かせ、玄関のドアを開ける。廊下から下をのぞくと、同じ幼稚園に通う社宅のメンバーが、すでにバスの到着を待っている。赤んぼうのように風花を抱きかかえ、階段を駆け下りた。一段、一段、階段を下りるたびに、体に伝わる振動がおもしろいのか、風花が声をあげる。それどころじゃないんだけどなー、と心のなかで苦笑しながら、一階に着いたときにはひどく息がきれた。

手をつなぎ、みんながいる場所に駆け寄った瞬間にバスがやって来た。降りてきたジャージ姿の若い女性の先生が、乗りこむ園児たちに大きな声でおはよう、と声をかけるが、風花は自分の前に立っている女の子の、髪の毛を結んでいるリボンに気をとられていて返事をしない。先生もそんなことには慣れっこなのか、バスの座席にみんながきちんと座ったことだけを確認すると、私たちに、じゃあ、いってきまーす、と声をかけて、運転手さんに合図をする。ドアが閉まり、バスは瞬く間に走り去った。誰かがふぅ、と小さなため息をついて、まわりにいた母親たちが笑顔でそれぞれの顔を見る。

わかるわ、という同調とねぎらいの笑顔で。

「もう破裂しそうねぇ」

私の隣に立っていた高野《たかの》さんが倉田《くらた》さんのおなかを見て声をあげた。倉田さんの出産予定日は十一月の終わりだったはず。あと二週間もない。

「里帰り出産するんだっけ？」

私が聞くと、ううん、と首を振った。

「うちの子、幼稚園休みたくないって言うんだよねぇ……。それで、母に手伝いに来てもらうんだけど……」そう言いながら、片手で腰をさする。

「あのボロい社宅のどこに寝るのよ、ってうちの母親、愚痴ばっかりでさぁ」

「確かにねぇ……」

そう言って高野さんと倉田さんと私の三人で社宅を見上げた。

築三十年の社宅。できたのは昭和の終わりだ。灰色のコンクリートの外壁にはひびが入り、また大きな地震が来たらどうなるのだろう、と不安になる。どの部屋も2LDKの間取りだが、リビングとダイニングは安っぽいプリントのクッションフロア、それ以外の二つの部屋はどちらも畳の四畳半。洗面所も風呂《ふろ》場も古くて狭いので、洗濯機はベランダに置かないといけない。平成も二十年以上が過ぎたというのに。

結婚二年目に、この町の社宅に引っ越すと言われたときは、あの高級住宅地に、と、気持ちが高ぶったが、社宅をひと目見たとき、ジェットコースターのように気落ちした。四階建て、十二世帯が暮らす小さな社宅だが、どの家も結婚したばかりの新婚夫婦か、小学校低学年までの子どもを抱えていた。家賃は驚くほど安い。つつましい生活をして貯金をし、ここから少し郊外に家かマンションを買い、子どもを私立中学に入れるのが、この社宅で暮らす人たちのライフコースだった。

同じ園に子どもを通わせている高野さんには、下に三歳の息子がいる。倉田さんも、もうすぐ第二子が生まれる。うちだって風花をひとりっ子にするつもりはないし、夫の母と電話をするたび、遠回しに二人目は？　と言われる。産むなら今なのかもしれない、と思うのだけれど、どうしても踏み切れない。

皆、朝の家事の途中で抜けてきたので、じゃーね、と慌ただしく別れ、部屋に続く階段を上った。二階と三階の間の踊り場に、風花のタオルハンカチが落ちている。ため息をつきながらハンカチを拾う。踊り場からふと下を見ると、倉田さんはまだ、社宅の門の前で誰かと話している。前に突き出すような、まんまるのおなかを見ながら、また思いだしていた。

風花を妊娠中、自分のおなかに針を刺そうとしたことを。

出生前診断を受けるつもりでいた。風花に先天的な問題がないか、染色体の異常がないか、調べようとしていた。最後まで決心はつかず、夫にも反対され、検査は受けなかったが、出産するまで私の不安は色濃く残った。

拾ったハンカチには、熊のアップリケと刺繡糸《ししゆういと》で縫い付けた名前。それを指で辿《たど》る。

あ・り・の・ふ・う・か。私の産んだ娘。

いや、嘘だ。出産するまでが不安だったわけではない。

今も私は、風花のことを、心のどこかで普通の子どもではないのかもしれない、と疑っているのだ。

園の自転車置き場に自転車を停めると、どこからか、先生が弾くピアノの音と、子どもたちの歌う声が聞こえてきた。玄関のほうにまわると、園庭のツリーハウスのまわりで年長クラスの子が走りまわっている。梯子《はしご》を登ったところにあるウッドデッキが、その中心に生えている大きな楠《くす》の木を囲み、端にある三角屋根の家の円い窓から、子どもたちが顔をのぞかせていた。滑り台や、ロープを編んだ橋、トンネルなどが合体したこの遊具は、子どもたちに人気があった。上ったり、滑ったり、隠れたり。子どものやりたいことを叶《かな》えてくれる。まるでサンタクロースのような顔中白い髭《ひげ》だらけの園長自らが設計して、造らせたのだという。

十一月最後の土曜には、園のバザーが行われることになっていた。バザー係の私は、ここ二週間ほど、何度も園を訪れていた。年中になったばかりの四月、PTAの役員は何とか逃れられたと思ったが、運動会やバザーといった大きな行事には、保護者たちは何かと協力を求められた。夏になって園庭でプールが始まると、監視役の保護者たちがプールサイドに並び、園児たちに危険がないかを見守った。

区内でもいちばん教育熱心な親たちが集まる園だとは聞いていた。だから、園から保護者の協力を求められても、反対する人はいなかった。家業が自営業でない限り、ほとんどの保護者が専業主婦だった。家事や子育ての合間を縫って、保護者たちは園に足を運ぶはめになる。園に預けるだけでなく、園で子どもたちがどんなふうに過ごしているか、その様子を見てほしいんです。先生たちにそう言われれば、断る理由もなかった。

玄関を入り、持参したスリッパに履き替え、左側にある階段を上る。吹き抜けのまわりは、半円状の広々としたスペースになっていて、天井まであるガラス窓から園庭の様子をのぞくことができた。アールを描く壁に沿って、作りつけの木の椅子が並び、卓球台ほどの大きな折り畳みのテーブルの上には、さまざまなデザインの布の切れ端、アイロン、裁ちばさみなどが乱雑に置かれている。

「おつかれさまでーす」と声をかけると、テーブルのまわりに立っていた保護者や、椅子に座っていた保護者たちが、笑顔で挨拶《あいさつ》を返してくれた。

布製の小さなバッグ、巾着袋《きんちゃくぶくろ》、ポケットティッシュ入れなど、バザーではクラスごとに作るものが決められ、それを期日どおりに提出することになっていた。強制ではない、という名目になってはいるが、一人だけ作らない、忙しくて無理、と言う勇気はないのか、文句を言いながらも、保護者のほとんどが提出日を守った。今日は、提出された作品の値札付け、そして、パッチワークのコースターをバザーの係で作ることになっていた。

自分の好きな場所に座り、お昼まで皆と手を動かす。その時間は嫌いじゃなかった。中学のときは手芸部に入っていたくらいだ。フェルトで作ったマスコットや、小さなぬいぐるみを友だちに作ってプレゼントしたこともあったし、夫と恋愛中には、マフラーを編んであげたこともあった。

風花が生まれてからは、ミシンも編み棒も押し入れの奥深くにしまわれたままだったが、バザー係になり、ここで、こうして手を動かしているうちに、ミシンで何かを作ったり、編み物をしたりすることが好きだったのを久しぶりに思いだした。

「遅くなってごめんなさーい」

階段をパタパタと駆け上がる音がして、桜沢《さくらざわ》さんがやって来た。私が来たときと同じように、皆は一瞬だけ顔を上げ、挨拶をし、また、自分の作業に没頭する。

襟ぐりのあいたゆるいグレイのニットに細いデニム、首には黒いマフラーを巻き付けている。うしろで髪をきゅっ、と結び、耳たぶに小さな金色のピアスが光る。子どもが二人いるのに、体のラインも崩れていない。派手なところはひとつもないのに、顔も体もすっきりとした綺麗《きれい》な人なのだ。噂では若い頃にタレント活動のようなことをしていて、深夜番組にも出ていたことがあるらしいのだが、私はその頃の彼女のことを知らない。

「これね、良かったら食べてね。うちの新作なんだって」

そう言いながら、紙袋から、ひとつずつラップで包んだお饅頭《まんじゅう》や、小さなプラスチック容器に入った羊羹《ようかん》を取り出し、テーブルの端に並べた。桜沢さんのご主人は隣駅の駅前にある古くからの和菓子屋の三代目で、この町に多く住むタレントや俳優がよく買いに来るらしい、という話を聞いていた。店構えは古く、間口も狭いが、毎週水曜の朝に売り出される最中を買いに、行列ができることもあるのだという。そうは言っても、つんとすました高級和菓子の店、というわけではなく、子どもたちが自分のお小遣いで買えるような、小さなお饅頭を作って売り出していたりもした。桜沢さん自身の言葉を借りれば、

「店の生き残りをかけて、必死でうちのパパが考えてるの」ということらしい。

「うわー、有野《ありの》さん丁寧に作るなぁ、プロみたい」

いつの間にか隣に座っていた桜沢さんが、私の手元を見ながら大きな声でそう言った。その声につられて、皆が集まってくる。

「細かい、ほら、こういう端のところの始末がすっごく丁寧なんだね」

「ねぇ、ここ、どうやったらいいの？」

そう口々に言う皆の中心に、いつの間にか私がいた。いや、桜沢さんと、そのそばにいる私が、皆の中心にいた。なぜだか、桜沢さんのまわりには、いつも誰かがいる。人が自然に集まってくるのだ。中学のときも高校のときも、こんなクラスメートがいたなぁ、と思いながら、私は皆の質問に答え、手伝い、手を動かした。

いつも誰かに囲まれている、という意味では、桜沢さんの娘、麻衣《まい》ちゃんも同じだった。風花と同じ年中クラスだが、やはり、桜沢さんのように、いつも誰かがまわりにいる。桜沢さんに似ている目鼻立ちの整った子どもだ。活発で、運動が得意で、去年の学芸会では主役だった。この年齢になって、今さら桜沢さんに嫉妬《しっと》などすることはないのだが、麻衣ちゃんを見ていると、時折、ちくり、と胸が痛む。これから先、自分の地味な性格など、変わることはないのに、風花にはまだ光の差す未来があるような気がするからだろうか。

「ふぅ……ちょっと休憩しようかな」

しばらく皆で黙って手を動かしたあと、桜沢さんはそう言って立ち上がり、窓のそばに近づいた。誰かがポットに入れてきたコーヒーを紙コップに注いで、配りはじめる。桜沢さんが持ってきてくれた和菓子とコーヒーを手に、下の園庭で遊んでいる子どもたちを見た。狭い園庭で遊ぶのは、時間ごとに決められているが、今はちょうど風花のクラスの時間らしかった。

園庭の真ん中、麻衣ちゃんのそばには、数人の男の子と女の子がいる。麻衣ちゃんだけが何かを話し、まわりの子どもたちは麻衣ちゃんの言っていることを黙って聞いているようだ。麻衣ちゃんが突然走り出すと、まわりにいた子どもたちが後に続いた。

「もう、うちの子、いばってるみたいでいやだなぁ……」

桜沢さんが不満げな声をあげ、まわりにいる皆がくすりと笑った。

笑顔を作りながらも、私の目は風花を探している。走りまわる子どもたちには交じらず、園庭の隅にある花壇のそばに一人、しゃがみこんでいる。何をしているのか、ここからはわからない。花を見ているようにも、ただ、ぼんやりとしているようにも見える。

ぽかん、と口を開けたその顔は、やっぱり私の妹に似ているような気がして、慌てて目を逸《そ》らしてしまう。自分の娘、なのに。

園から社宅に帰る道には、区立の療育センターがある。時折、そこから、抱っこひもで赤ちゃんを前に抱えた母親や、赤んぼうを乗せたベビーカーを押した母親たちが出てくるのを見かけることがある。一瞬見た表情だけで、何かをわかった気になりたくはないが、母親たちはどこにでもいる普通の母親で、ひどく疲れているわけでも、深刻な顔をしているわけでもない。同時に、彼女たちと共にいる赤んぼうや子どもの顔も見てしまう。その子たちも、どこに異常があるのかわからない。そのことがまた、私をかすかに不安にもさせる。

私が三歳になった年に生まれた妹、彩《あや》も、見た目はまったく普通の子どもと変わらなかった。

けれど、二歳近くになっても言葉が出てこなかった。

妹を連れて専門病院を渡り歩いていた両親に、中程度の知的障害があると告げられたのは、妹が三歳を過ぎた頃だった。その頃には私も、妹は普通の子どもではないのだ、と認識するようになっていた。妹が話す言葉はいつもめちゃくちゃで、私の言葉を理解しているのかどうかもわからない。常に体を前後に揺すったり、手のひらをひらひらさせたり、部屋のドアを開けたり閉めたり、気にいらないことがあると、突然、大声を出して床を転げまわったりした。

妹のいる友だちは、お人形やぬいぐるみでおままごとをしたり、いっしょに塗り絵をしたり、アニメのビデオを見て過ごしたりしていた。妹と、そういう遊びをしたかった。けれど、その夢は自分には一生叶わないのだ、とわかったのは、私が小学校に上がった頃のことだった。

　それでも、妹のことは嫌いになれなかった。ねーね。ねーね。うまくまわらない口で、私のことを呼んで、いつも私にまとわりついていた。妹は私のことが家族の誰よりも好きなのだった。食事どきには、うまく閉じることのできない妹の口に、スプーンで食べ物を運んだ。入浴時には、可動域の狭い妹の手が届かない耳のうしろやわきの下を丁寧に洗った。小学生や中学生のときは、妹の面倒をみることになんの疑問も抱かなかった。

　父と母が妹の障害とどんなふうに折り合いをつけていたのかわからないが、少なくとも、娘である私から見ても、妹のことを愛し、育てていたことは確かだ。私が生まれたあの小さな町の人たちにも、妹の存在は認知されていた。面と向かって何かを言われたことはない。けれど、もしかしたらそれは、父があの町の町長をしていたせいなのかもしれない、と今になっては思う。

　家族のなかで特に妹をかわいがっていたのは、同居していた祖母だった。

　父と母は、ふだんの生活のなかで、妹の障害のことを口に出したりすることはなかった。妹が癇癪《かんしゃく》を起こして床を転げまわっても、妹にずっと寄り添い、抱きしめ、言葉をかけて、妹の感情の爆発や、くり返される行動が収まるのを、ただ、じっと待っていた。台風が通り過ぎるのを待つように。時には、見て見ぬふりをすることもあった。

　祖母はそうではなかった。

「あんたはほんとに馬鹿だねまったく」

「何度言ってもわからない子だ」

父や母が絶対に口にしないことを祖母は言葉にした。悪いことをすればお尻《しり》を叩《たた》き、妹が聞いていなくても理解していなくても、どうして悪いのかを懇々と説教した。妹を特別扱いしなかった。つまり、普通の子どもと同じように接したのだ。

祖母の趣味は土いじりで、広い庭には、スミレ、ユリ、ライラック、ジャスミン、モッコウバラなど、祖母が無計画に植えた植物が季節ごとにさまざまな花を咲かせていた。その一角には、薬草を植えた場所もあった。妹に湿疹《しっしん》ができればドクダミの葉をすりつぶしたものを貼り付け、おなかが痛いと言えば、ゲンノショウコの葉を干したものをお茶にしてのませた。祖母の民間療法が、さらに妹の症状を悪化させたこともあったが、父や母に叱られても、祖母はケロッとしていた。

週末、母が父の仕事に付き添い、家をあけるようなときは、祖母が私と妹の面倒をみてくれた。日のあたる縁側では、丸い大きなざるの上にゲンノショウコの葉が干されていた。祖母は乾いた葉を、時折、指先でかき混ぜるようにして、満遍なく日にあてていた。

「ゲンノショウコってさ、すぐに効果が出るって意味なんだよ。彩も、これのんだら、すぐに普通の子に戻る、とかさ、なんか、そういう薬がないのかねぇ。二十一世紀だってのに」

彩は祖母のそばで体を丸めて寝ていた。まるで猫のように。皺《しわ》だらけの手が、妹の背中を何度も撫《な》でる。

なんでかねぇ、とくり返しつぶやく祖母の声が湿っぽくなっていく。私は祖母のそんな声を聞きたくなくて、ゲンノショウコの乾いた葉を小さく手でちぎっていた。

成長するにつれ、長い距離を歩けるようになった妹は、家を抜け出して、どこかに行ってしまうことが多くなった。

私が小学四年生の夏休みの頃だ。大抵は、家のまわりの田んぼや林を捜せば、妹をすぐに見つけることができた。けれど、そのときは日が暮れても妹は見つからなかった。夜も更けて消防団も出るような騒ぎになり、母は妹を捜してくれる人たちに向けて、何度も頭を下げていた。妹が見つかったのは、神社の裏から続く山のなかだった。高い辛夷《こぶし》の木の根元で、泥だらけの妹は体を丸めて眠りこけていた。

それからもしばしば妹はいなくなった。日が暮れるまでに家族の手で見つけることができなければ、そのたびに消防団や町の人が駆り出される。

「犬みたいになぁ。縄で棒につないでおけばいいんだよ」そう陰口を叩く人もいた。

「馬鹿言うんじゃないよ。うちの孫はねぇ、人間なんだよ」祖母が大声で怒鳴り返した。

両親は両親の、祖母は祖母の、私は私の方法で妹を愛していた。妹は普通の子どもではなかったが、愛されている子どもだった。私はといえば、時折いなくなる妹のために、兎のカタチの小さなぬいぐるみをフェルトで作り、その裏に名前と電話番号を刺繍《ししゅう》した。毛糸で編んだ紐《ひも》でネックレスのようにして妹の首に通した。

「ねーね。ねーね」

ありがとう、とは言えなかったが、妹は私の手を握り、私が作った兎をいつまでも口にくわえていた。兎はすぐに妹の唾液《だえき》でべたべたになったが、それもまた、妹の愛情表現なのかもしれなかった。

妹のことが好きだった。何かいやなことがあったときは、妹に話した。先生や母に怒られたこと、クラスメートとのいざこざ、好きな男の子がいること。妹が私の話すことを理解していないからこそ、親にも友だちにも言えないことを話せたのかもしれなかった。私が話し終わるまで、妹は私のそばを絶対に離れなかった。

離れたのは私のほうだ。

まさか受かるとは思っていなかった私立の難関校に入学が決まって、私は隣町の高校に通うようになった。同じ中学からその高校に入学したのは私一人だけだった。五月の連休が終わった頃に、同級生の田町《たまち》君という男の子に告白をされた。好きかどうかも、まだわからなかったが、恋愛、というものに漠然とした憧《あこが》れがただあった。

私と田町君は、放課後、勉強を教え合うという名目で、学校の近所にある市立図書館で過ごすようになった。告白されてから一ヵ月が過ぎたある日曜日、田町君と映画を観る約束をした。男の子と二人で映画を観るのは初めてだった。生まれて初めてのデートだった。あまりに舞い上がっていて、映画がどんな内容だったかなんて、まるで覚えていなかった。

ハンバーガーショップに向かう道すがら、向こうから、数人の大人に引率された子どもたちの集団がやってきた。彩と同じくらいの年齢の、彩と同じような子どもたちだ。二人一組になって手をつないで歩いてはいるが、顔があらぬ方向を向いている子もいれば、奇妙に曲げた右腕をしきりに痙攣《けいれん》させている子もいた。子どもたちの集団はなかなか前に進まない。通り過ぎる人たちは、遠巻きに眺めながら彼らに道を空けた。

「うわっ、さいあくっ」田町君が声をあげ、足を止めた。

さいあくっ、という音の響きが、最悪という意味で、それが、目の前の子どもたちのことを言っているのだとわかるまでしばらく時間がかかった。わかった瞬間、なぜだか耳が熱くなった。いろんな感情がいっぺんに押し寄せてきた。そんなこと言わないで、と怒る勇気はなかったし、何も言わず、田町君の前から立ち去る勇気もなかった。子どもたちとすれ違うとき、私の体が田町君のほうに傾いた。その腕を田町君がつかんだ瞬間、子どもたちの一人と目が合った。妹と同じくらいの女の子だった。その視線が早鐘のように鳴っている鼓動を静めた。何も語ってはいないその目に見つめられて、私は目を逸《そ》らすことができなかった。

その日から、私が田町君や高校のクラスメートに、妹のことを話すことはなくなった。「何人きょうだい？」と聞かれ、「ひとりっ子」と即答できるようになるまで、思ったほど時間はかからなかった。

最初は口ごもっていたのに、そう答えるたびに、次第にそれがほんとうのことのように思えてくる。私は妹の存在をこの世から消してしまった。家に帰れば妹がいて、ねーね、ねーね、と私の手をつかんで離さない。けれど、私は少しずつ、妹と距離を置きはじめた。さいあくっ、という田町君の言葉はいつまでも耳に残っていた。

高校二年になり、学校の帰りに予備校にも通うようになって、家に帰る時間は次第に遅くなった。私が帰宅する頃には、妹はすでに布団のなかで寝息を立てていることも多くなった。

「ずっと起きて待ってたんだけどねぇ……」

私が帰ると、すっかり白髪の増えた母が言った。祖母は脳内出血で倒れ、入院していた。母は妹と祖母の世話で疲れきっていた。親戚《しんせき》の人が家の手伝いに来てくれてはいたが、私は受験を理由に、何も手伝おうとしなかった。

そっと襖《ふすま》を開けて、妹が寝ている布団に近づいた。枕元には、いつか私が作ってあげたフェルトの兎が転がっていた。妹が口に入れていたせいなのか、ひどく汚れて、片耳の端が欠けていた。それを手にとった途端、妹に対する罪悪感と同時に、なぜだか、もうこの町で暮らせない、とそう思った。

妹から離れたかった。ずっと前から思っていたことに、そのとき初めて気がついた。自分のことを何も知らない人のなかで生活を始めたかった。

東京の大学に受かり、家を出る朝、駅のホームに両親と妹が見送りに来てくれた。祖母はその前の年の暮れに亡くなっていた。電車がもうすぐやってくるのに、妹は私の手をつかんではなさない。妹なりになにかを感じているのかもしれなかった。特急列車がやってきても、妹はまだ私の手をつかんでいた。その指を一本、一本、剝《は》がすようにして、手をはなした。ドアが閉まり、電車が走り出す。その頃には、妹はもう、ホームのベンチに座って、何かをぶつぶつとつぶやきながら、どこか一点を見つめていた。

私だけじゃない。妹だって、私のことなんか、すぐに忘れてしまうはず。

そう自分に思い込ませようとした。

鞄《かばん》を網棚にのせ、座席に腰掛けると、手の甲がひりひりしているのに気がついた。見ると、赤い線が三本並んでいる。妹の爪が、私に残したものだった。

週に三日、幼稚園を終えた風花に、習いごとをさせていた。ピアノ、スイミング、英会話。故郷の母に話したときには、なんでそんなに小さな頃から忙しくさせるの、と驚かれたが、このあたりでは、特に風花が通っている幼稚園では普通のことだ。皆が皆、教育熱心、というわけでもない。ピアノもスイミングも英会話も、教室やプールに風花を送り届ければ、あとは迎えに行くだけでいい。園に子どもを預けている間は、家事や雑事であっという間に時間は過ぎる。小一時間、一日のなかで自由になるその時間が、私には必要だった。多分、ほかの母親にも多かれ少なかれそういう気持ちがあるのだろう。

金曜日は、隣の駅にあるスイミングスクールに行くことになっていた。風花を送り、近くのドーナツショップで、白い砂糖のかかったチョコレートドーナツとコーヒーを頼んだ。同じ園の母親もいるが、軽く会釈をしただけで、離れた席に座る。皆、ここにいる間は、一人になりたいのだろう、と思った。

入り口の自動ドアが開いた途端、大きな声が響いた。男の子がひとり、奇声を発しながら、ドーナツの棚に突進していく。小学三年生くらいだろうか。緑色のトレーナーにデニムの長ズボン、紺色のニューヨークヤンキースのキャップをかぶっている。トレイを持ってドーナツを選んでいる人にはおかまいなく、列に交じり、ドーナツを指さしては、言葉にならない声をあげる。

ドーナツショップの近くには、特別支援学校のスクールバスが停まる。妹とおなじような子どもたちが、そのバス停の前に所在なげに立っているのを何度か目にしたことがあった。その子どもたちの一人なのだと思った。

「もうだめでしょー、こら、良樹《よしき》！」

母親らしき人が子どもを追って店に入ってきた。桜沢さんだった。

桜沢さんは良樹と呼んだその子どもの腕をつかみ、

「ほんとにごめんなさい」と店員さんに何度も頭を下げて、慌ただしく店を出て行った。

自動ドアの閉じた店の前で、桜沢さんは子どもと同じ目の高さにしゃがみ、その子の頬を指でやさしくつまんだ。何かを言い聞かせているが、子どもは我関せず、桜沢さんから逃げ出して、ふらふらと店の前から消えた。桜沢さんは立ち上がり、子どもを追いかけていく。

そうだったんだ……。あの子は、麻衣ちゃんのお兄ちゃんなのだろうか。ちっともそんなこと知らなかった。なぜか見てはいけないものを見た気になって、ドーナツをちぎって口に入れ、コーヒーでのみ下そうとした。もうすっかり冷めていたコーヒーの苦い味が口に広がった。

いつもは風花のクラスが終わるぎりぎりまでドーナツショップにいるのだが、桜沢さんを見かけてから気持ちが落ち着かず、早めにスイミングスクールに戻った。入り口の奥はガラス張りになっていて、下のプールの様子がのぞけるようになっていた。大人用プールの隣にある十五メートルの小さなプールを、就学前の子どもたちが使っていた。

コースごと、能力別に分かれていて、いちばん右側のグループは、ビート板を使わず、クロールですいすいと泳いでいく。風花のいるグループは、プールの縁につかまり、バタ足の練習をしていた。風花の足は時々止まる。指導員の先生が、風花の足をつかみ、交互に動かすが、先生がはなれると、また、足が止まってしまう。やる気があるのか、ないのか、それが見えにくい子どもだ。できないことならそれなりに、母親の私にわかるようにがんばってほしい、と、どうしても思ってしまう。勉強も、運動も、そんなことすべてを上手にこなせる子どもなんて、どこにもいないことは頭でわかっている。

けれど、望んでしまうのだ。

「どんな子どもが生まれてきたって、おれたちの子どもだろ。おれはちゃんと育てるよ。自分の子どもなんだから」

出生前診断を受けることを反対していた夫はそう言った。

そう言われればうれしかった。けれど、妹のような子どもと暮らすしんどさをこの人は何も知らないのだ、と思った。出生前診断を受ける人の多くは、最初の子どもに障害のあった親だ、という記事も何かで読んだことがある。誰がそれを責められるだろう？ 普通でない子どもを育てているからこそ、ごく普通の子どもが欲しいと思うのだ。

風花はどこにも異常がなく生まれてきた。

「取り越し苦労だっただろ？　な？」

真っ白いおくるみにくるまれた風花を見て夫はそう言った。その言葉は、コーヒーの底で溶けきれなかった砂糖のように、私の心にざらりとした印象を残したのだった。

目の前の風花を見ても、夫にそう言われても、妹の障害がわかった三歳までは不安でたまらなかった。ミルクののみが悪いんじゃないか、首を片方に傾けすぎなんじゃないか、はいはいするのが遅いんじゃないか……、小さな疑念がいつも頭のどこかにあった。その月齢でできること、発達のスピードがずっと気になっていた。健診で、「元気な赤ちゃんだね。順調に育ってますね」と医師に言われても、疑心暗鬼だった。

「ママぁ……」

気がつくと、目の前に風花がいた。濡《ぬ》れた髪の毛をくるむ、タオル地でできた三角帽子をかぶっているが、前髪の先から水が落ちている。

「あ、ちゃんと拭《ふ》かないと風邪ひいちゃうからね」

そう言いながら、風花のスイミングバッグからタオルを出し、帽子を外して、濡れた髪の毛の水分をぬぐった。

「ママぁ、今日のごはんなにぃ」

風花が私の腕にぶら下がって聞く。甘えた声で。かわいい私の娘がそう聞く。どこにも悪いところなどない子どもを授かって、私はまだ、その幸せを受け止めきれずにいる。


「ふーちゃん、もう一回やってみよっか」

声をかけてみるものの、風花は小さな手を鍵盤《けんばん》の上に置いたまま、動かそうとしない。

四月から始めたばかりのピアノ。最初はグループでレッスンを受けていたが、風花一人、進みが遅く、先月から個人レッスンに切り替えたばかりだった。

日曜日の夕方、風花のピアノを聴くか、と言っていた夫は、ソファで横になったまま、眠ってしまったようだ。明日《あした》はピアノのレッスンがある。その前に、風花に練習をさせておきたかった。

「じゃあ、ママが最初に弾いてみようか」

そう言って立ったまま弾き出すと、

「すごーい！　ママ、ピアノ上手！」と風花が手を叩《たた》く。

そうじゃなくて。思わず声が出そうになる。

「ママの真似してみて、ほら」

そう言って促すが、風花はするりと椅子から下りてしまう。

「ふーちゃん！　練習しないとだめでしょ！」

「風花、ピアノ好きじゃない！　プールも、英語も、ピアノも好きじゃない。ママが怖い顔になるから好きじゃない」

「風花！」

うぅん、とソファのほうから声がして、夫が起き上がった。風花が夫の胸に飛びこむ。

「風花、もうやめちゃうのかぁ、パパ、風花のピアノ、すっごく聴きたかったんだけど」

寝ぼけた声でそういう夫の顔を風花がじっと見つめている。

「風花がプールで泳ぐとこも、英語でお話しするとこも、パパは全部見たいんだけどな」

しばらくの間、黙っていた風花が私の顔を見て言う。

「ママ、怒らない？　もう、風花のこと……」

「……怒らないよ」笑いながら言いたかったが、うまく笑えなかった。

風花がゆっくり私のほうに歩いてきて、再び、椅子に座った。ぎこちない指遣いで、ピアノを弾く。途中でつかえても黙っていた。夫にひどいことを言われたわけじゃないのに、おまえの子育てではだめだと、そんなふうに言われた気持ちになっていた。

「ふぅ……やっと寝たな」

襖《ふすま》を閉めて、夫が寝室から出てきたときは、もう午後九時近かった。平日は残業続きで、家に帰るのは日付が変わってしまうことも多かったが、休みの日には、夫は風花が眠くなるまで絵本を読んでくれた。

「ありがとう……疲れているのに……」

ソファの前で洗濯物を畳みながらそう言う私の肩をぽんと叩き、

「少し、のもうか」と、冷蔵庫から缶ビールを出し、ふたつのグラスとともにローテーブルに置いた。十一月ももう終わりに近いが、エアコンをつけなくてもいいくらいのあたたかい夜だった。夫は私の前にグラスをひとつ置き、そこにビールを注ぐ。

「この前さ、高野さんが……」

高野さんは夫と同じ課で仕事をしていた。

「美幸《みゆき》がすこし……」

何か言いたいことがあるのだろうけど、夫は言い淀《よど》んでいる。グラスのビールを半分ほどのみ、グラスにまた、自分でビールを注いだ。

「風花に厳しいんじゃないか、ってさ」

古い社宅のせいなのか、上の階の人がトイレや浴槽の水を流すと、水道管を流れる水の音が聞こえてくる。錆《さ》び付いた管を流れる濁った水の音を聞きながら、夫の言葉にも耳をすます。

「高野さんの奥さんがさ、美幸が風花をよく叱っているのを見るから、美幸が疲れているんじゃないか、って」

「……私、疲れてない」きっぱりとそう言うと、夫の視線が揺れる。

「ほら、おれもなんだかんだ仕事で帰りが遅いだろう。風花の面倒みてやれる時間に帰ってやれないから。一人でなんでも、育児でもなんでも任せて、美幸も大変なんじゃないかって」

「……虐待とか、そういうこと疑ってるの？」

「違う違う。そういうことじゃない」

夫が笑いながら立ち上がり、キッチンに向かう。冷蔵庫からもう一本ビールを取り出し、こちらに戻ってくる。ローテーブルに缶ビールを置き、ソファに座った。

「二人目とか、もうそろそろいいんじゃないかって、おれは思ってるんだよ。だけど、二人目が生まれたって」言いながら、缶ビールを開ける。

「全部、美幸任せになるだろう。生活とか、子育てのいろんなことが。だから、おれも考えてしまって……風花のときも、ほら……検査のこととか、美幸、悩んでたし」

「あなたにはわからないよ私の気持ち、とか……」

思った以上に大きな声が出て、いちばん驚いたのは自分だった。

「おれはわかりたいんだよ。わからないかもしれないけど、できるだけ美幸の負担を減らしたいんだよ。だって、おれたち、いっしょに暮らしてるんだからさ」

「……わからないよあなたには」

「美幸が妹さんのことを気にしてるのはわかるから」

「わからないよあなたには絶対にわからない私の気持ちなんか。妹みたいな子が自分の家族にいる気持ちとか、絶対にわかるわけない。あなたの家族はみんな普通だもの。私と結婚したことが、そもそも間違ってたんだよ。そうじゃない人と結婚すればよかったんだよ。ああいう妹がいて、ああいう妹みたいな子どもが生まれて、どんな生活になるのか、あなたにはなんにもわからないでしょう」

ぱちん、と小さな音がして、頬を張られたことに気づいた。痛くはなかった。痛くないように夫は叩いたのだ。まるで頬にとまった蚊を叩くくらいの力で。

思わず手をついたローテーブルの上のグラスが揺れる。自分の目からこぼれているものが涙だと気づくまでに時間がかかった。泣きたい、と思っていたわけではないのに。夫の手が肩に触れたが、思わずその手を振り払ってしまった。そうしたかったわけではないのに。

「あの子、妹はね、私を追いかけて、線路を歩いていたんだよ。あの子……私を追いかけて、それで、電車に……」

妹が亡くなったのは、交通事故だと、夫には話していた。妹が電車の事故で死んだと知っているのは、私の家族と、あの町の人だけだ。私が大学に入って二年目。夫と出会うずっとずっと前のことだ。妹がそういう子どもであったことを話すのも時間がかかった。結婚が決まりそうになった頃、母は話さなくてもいいんじゃないかと、そう言った。けれど、そうしてしまったら、私はまた、妹をいなかった存在にしてしまう。それを話すまで、半年もかかった。でも、妹の死んだ経緯までは話せなかった。

「妹みたいな子どもが生まれるってそういうことだよ。そういうことを心配しながら家族は過ごすの。ちっともじっとしてないんだよ起きてる間は。何をしでかすかわからないまま毎日はらはらして」

ローテーブルに突っ伏して激しく泣きはじめた私の背中を夫が擦《さす》る。しばらくの間、私は泣き続けた。夫が立ち上がり、キッチンに歩いていく気配がする。電気ケトルに水を入れる音がして、また、私のそばに座った。

「妹さんのこと、もっといろいろ聞かないとだめだったな」

そう言いながら立ち上がり、また、キッチンに向かう。かちゃかちゃと音がして、テーブルの上に何かが置かれる音がした。顔を上げると、ココアの入ったマグカップが置かれている。

「なんとなくおれも遠慮しちゃってさ……美幸が話したくないんだろうって、勝手に思ってたんだよ。そういうの、よくないな」

ココアを一口のむ。風花にせがまれてスーパーで買ったインスタントのココアだ。ミルクの香りがする甘い甘い子ども向けのココア。

「次の子どものことなんてあとでもいいんだ。だけど、風花のこととか、妹さんのこととか、なんでも聞かせてくれよ。できないことはいっぱいあるけど、話聞きたいからさ」

そう言ってあくびをかみ殺す。今日は一日、風花と公園を走りまわっていたのだ。

「……ありがとう。でも、もう今日は休んで。疲れてるでしょ」

「まだだいじょうぶだって。あ、だけど、先に風呂《ふろ》入ろうかな。なんか、ずいぶん汗かいちゃって」

うん、と私が声を出さずに頷《うなず》くと、夫は浴室に歩いて行った。水音がすぐに聞こえてきた。テーブルにもう一度突っ伏した。耳がひんやりとする。子どもの頃、妹とよくした遊びを思い出していた。家の近所にある線路に、耳をあてる遊びだ。両親にも祖母にも内緒だった。踏切の警報機が鳴りはじめると、慌てて耳を離した。なかなか線路から離れようとしない妹の腕を引っ張って、そばにある茂みに隠れた。目の前を特急列車がスピードを上げて、走り抜けていく。突風が私と妹の髪を乱し、怖がる妹が声にならない声で列車を指さす。

「遠くに行くんだよ。ずっとずっと遠くに。いっしょに行こうね」

私の顔を見て頷いた妹の顔をテーブルに突っ伏したまま思い出しながら、毎日、深夜まで仕事に忙殺されている夫に、この話はいつできるのだろうと、ぼんやり思っていた。

「あぁ、大変そう……」

「普通の小学校に通わせててさ、桜沢さんも教室のうしろで毎日見てるんだって」

「なんか、最近疲れてるもんねぇ」

「あんなお兄ちゃんいるなんて、ぜんぜん知らなかったわ」

　バザー係の母親たちが園庭の隅で話しているのが聞こえた。バザーの準備はほとんど終わり、今日は子どもたちを連れて、近くのファミレスで昼食をとろうという話になっていた。園のバスには乗せず、子どもたちの帰りを皆で待っていた。皆の視線の先に目をやると、ドーナツショップで見た男の子を桜沢さんが追いかけている。この前と同じ、ニューヨークヤンキースのキャップをかぶって奇声を発して走りまわる男の子を、園児たちは怖がった表情で遠巻きに見ている。

　男の子は、突然立ち止まり、しゃがみ込んだ。花壇のそばだ。何かを見つけたのか、指をさして声をあげる。そのそばにいた園児たちは、驚いて、逃げるように走り出した。一人だけ逃げずに、男の子と並んで座る女の子がいる。草の陰に隠れてわからなかったが、風が吹いたときに、顔がはっきりとここからでもわかった。風花だった。花壇の花を指さし、男の子に向かってしきりに何かを話している。風花だとわかった瞬間に駆けだしていた。考えるより早く足が出てしまった。男の子のそばには桜沢さんが立っていて、私の顔を見て微笑んだ。

「風花ちゃんに遊んでもらっちゃった。ごめんね、今日お兄ちゃんが調子悪くて、今、学校に迎えに行ってきた帰りなんだけど。このまま麻衣といっしょに病院連れていくね。

だから、あの今日のランチ」

　桜沢さんが言い終わる前に、風花の腕をつかんで、力任せに立たせた。

「ほら、風花。みんなが待ってるでしょ。行くよ」

「風花、まだお兄ちゃんと遊びたいよう」風花の言葉を無視して歩き出す。

　背中に痛いくらい、桜沢さんの視線を感じていた。ひどいことをしているのだと自分だってわかってる。でも、どうしようもなくいやだったのだ。風花が麻衣ちゃんのお兄ちゃんとなかよく遊んでいることが。園庭の隅に立っている母親たちも私の険しい顔を見て口をつぐんだ。こういう私の姿がまた、風花に厳しいと言われる噂の種になるんだろうか。

「あの、ごめんね今日、風花、英語の教室だから。やっぱりランチ遠慮しておくね」

う、うん……わかった。また今度ね。と答えた母親の顔がかすかにおびえている。夫と同じだ。この人にもやっぱり私の気持ちなどわからないだろう。でも、仕方ないじゃないか。そう開き直って強がってみても、どうしようもない自己嫌悪が自分を貫いていく。

　でも、どうしようもないのだ。

「ママぁ、痛いようぅ」

　園庭を出てしばらく歩いたところで風花が声をあげた。風花の手を、引っ張り上げるように強くつかんだままだったことに気がついた。

をしれないな。ふと思う。


「ごめん、ごめんね」

またこんなところを誰かに見られたら子どもを虐待してる、って思われてしまうかもしれないな。ふと思う。

「だいじょうぶだよ」と言いながら、風花は道ばたにしゃがみ、名前のわからない草花を手でいじっている。

「汚いから、やめて」

風花はゆっくり顔を上げ、私の顔をしばらく見つめていたが、何も言わず、また歩き出した。風花の小さな背中を追うように私も歩きはじめる。踏切が近づいてきて、警報機が鳴る音がする。ゆっくりと下りはじめた遮断機の前で、風花の手をそっと握る。風花がうれしそうに私の顔を見上げる。私たちの隣には、ベビーカーに赤ちゃんを乗せた私よりもうんと若い母親が立っていた。風花が私を見上げて、口を開き、何かを言おうとするが、恥ずかしそうに俯《うつむ》いて、黙ってしまった。

目の前の線路を急行電車が急行とは思えないゆっくりとした速度で走り抜けて行く。風花の手のひらのあたたかさを感じながら、桜沢さんにひどいことをしてしまった、という後悔がまた、じわじわと自分を侵していった。


十一月の最後の土曜日にバザーは開かれた。

私は夫と風花とともに園を訪れた。物品販売の担当時間まではまだ、しばらく時間がある。素人にしては質の高い品が出されるこの園のバザーは、近隣の人たちにも評判が良かった。布製の手提げ売り場の前には、品定めをする人たちがたくさん群がっている。手作りの品だけでなく、PTAや先生たちが開く、かき氷やスーパーボールすくいの店も盛況だ。知っている母親たちやその家族に会釈をしながら、私も夫と風花とともに、園庭をゆっくりとまわった。

この前の出来事もあり、バザー係の母親たちと顔を合わせるのは気が重かったが、「午後一時からの当番よろしくね」と、何もなかったかのように声をかけられて、心のどこかではほっとしていた。

園庭の隅に置かれた折り畳み椅子に座り、家族でジュースをのんでいると、同じクラスの母親に声をかけられた。風花が通っている英会話教室のことが聞きたいと言われ、しばらくの間、二人で話しこんだ。

きゃー、という声が園庭のどこかから聞こえた。

皆が一斉に声のするほうに視線を向ける。

「良樹君が！」と誰かが叫ぶ声がする。

良樹君、桜沢さんの……。そう思いながら、私は園庭をゆっくり歩きはじめていた。

ツリーハウスの遊具のほうから、聞き覚えのある声がする。

近づいて見ると、どうやって登ったのか、良樹君がツリーハウスの屋根にしがみついていた。ツリーハウスの屋根から地面までは三、四メートルほどの高さがある。ウッドデッキのほうに落ちればいいけれど、もし、反対側に落ちたら。ウッドデッキにいる数人の小さな子どもたちが、ぽかんと口を開けて良樹君を見ている。ツリーハウスのそばにいる大人たちも、はらはらしながら良樹君を見守っていた。桜沢さんがウッドデッキに続く梯子《はしご》を登ろうとするが、園長先生が手でそれを制した。

「興奮させてはいけないから。私が行きますから。あと、下に何か敷くものを。保健室の布団を持ってきて」

そばにいた先生たちに素早く指示を出し、ウッドデッキにいた子どもたちに声をかけ、下りるようにおだやかに言うと、園長先生はゆっくりと梯子を登っていった。

良樹君の両手は、ツリーハウスの三角屋根のてっぺんをつかんでいるが、体勢はひどく不安定だ。ニューヨークヤンキースの帽子がずれて、左目を覆っている。どこにも置き所のない右足が宙で揺れて、運動靴が落ちてきた。

「良樹！」

ツリーハウスを見上げていた桜沢さんが思わず叫ぶが、園長先生は口にひとさし指をあてて、静かに、と声に出さずに言った。子どもたちと保護者、バザーに来ていた人たちは、園の先生たちに指示され、遠くからツリーハウスを見上げていた。

良樹君は大きな声をあげ、顔を空に向けている。

その隙に園長先生が、ウッドデッキの手すりに腰かけ、良樹君の腰のあたりをつかまえようとした。その瞬間、良樹君がいやいやをするように体を大きく振った。両足がぶらぶらと揺れる。良樹君のどこにそんな力があるのか、靴下だけをはいた右足を持ち上げると、屋根のてっぺんに跨《また》がる体勢になった。

風が吹いて、楠《くす》の木の葉が音を立てて揺れる。そのことに興味があるのか、良樹君は体を起こして、木のほうを指さし、ぶつぶつと何かをつぶやいている。園長先生が手を伸ばすが、良樹君にはもう届かない。手すりに立って良樹君の体を支えるしかないが、そうすれば園長先生がバランスを崩してしまうだろう。

時間がかかるかもしれないな。消防署に連絡したほうがいいんじゃないか。この騒動を見ている誰もがそう思ったはずだ。そのとき、子どもの声がした。

「良樹君、ここにあるよ。風船、ここ」

いつの間に、梯子を登ったのか、風花が園長先生のうしろに立っていた。

「風花！」思わず声が出て、駆け寄ろうとした私を夫が制し、

「驚かせたらだめだから。ゆっくり」そう言いながら私の腕をつかんだ。夫と二人、ツリーハウスの近くまで、足音をしのばせて歩いて行く。

風花は園の入り口で配っていたひものついた風船を手にしていた。見上げると、確かに、楠の木の枝の合間に、ちらちらと赤い風船が見える。

良樹君は、あれが欲しかったのか。

「風花のあげるよ。風花と遊ぼう」

良樹君が風花の声に気づき、手にした風船に目をやる。

良樹君が屋根に跨がったまま、ウッドデッキのほうに体を移動させる。園長先生と向き合う体勢になった。良樹君がいつ下りてきてもいいように、園長先生が腕を広げている。

「遊ぼう。風花、お兄ちゃんと遊びたい」

風花がそう言った瞬間、良樹君が腰を上げ、腕を園長先生に伸ばした。

「ほらここだ。おいで、いい子だから」

園長先生がそう言うと、良樹君がその腕のなかに飛び込んだ。勢いで、園長先生が尻《しり》餅《もち》をついたが、良樹君はその腕をすり抜けて、風花に駆け寄る。風花が風船を渡すと、良樹君が声をあげた。どんな感情なのかは読み取れない。けれど、その声は、悲しみの表現ではないことは確かだった。

ため息とも安堵《あんど》ともつかぬ声が、見守っていた人たちから漏れた。風船の紐《ひも》を持ったまま、園長先生に体を支えられながら梯子を下りてきた良樹君に続いて、風花も梯子から下りてくる。桜沢さんが駆け寄る。私と夫も、風花に近づいた。

「なにごともなくてよかった。風花ちゃんのおかげだな」

腰を擦《さす》りながら、園長先生が風花の頭に手を置く。

良樹君を抱きしめたまま、桜沢さんが園長先生と風花に何度も頭を下げる。振り返って、私の顔を見た。

「ありがとう。ほんとうにありがとう」涙でぐしゃぐしゃになった顔で私を見る。

「ううん……私のほうこそ……ごめんね、このまえ」そう言うのがやっとだった。

風船を持った良樹君が園庭を駆けて行く。そのあとを風花が追いかける。風花のあとを、麻衣ちゃんが追いかける。そのあとをまた、ほかの子どもたちが追った。先頭に立っている良樹君が声をあげる。いつか聞いたことのある声だ。妹が喜びの感情をあらわすとき、あんな声をあげていた。そんなことを思い出していた。

「風花はほんとうにおりこうさんだなぁ」

日に干して、ふかふかになった布団の上に、夫と私と風花で倒れ込んだ。風花を真ん中に寝かせ、川の字になって横になる。夫がふざけて風花の体をくすぐる。うれしそうな声をあげて、夫の手から逃れようと、風花が私の胸に顔を向ける。干した布団と同じにおいがした。干し草のようなそのにおいを胸いっぱいに吸いこむ。

「風花、ママにお願いがあるんだ」そう言って、私の首に細い腕をまわす。

「風花は今日いい子だったからなぁ。ママはなんでも買ってくれるかもしれないぞ」

風花の体ごしに夫が笑いながら言った。

「ううん。そうじゃない……」

そう言う風花は、気をつけをするように体をまっすぐにして、天井から下がった照明をじっと見つめている。

「なんでも言ってごらん」私が促すと、風花が小さな口を開いた。

「風花、赤ちゃん欲しいなぁ。みんなきょうだいがいるから。風花、妹がいいなぁ」

横を向くと、夫が私の顔を見てわざとらしく目を見開いて、目配せをした。

「風花はおねえちゃんになれるのかなぁ」

夫が風花の頭を撫《な》でながら言う。

「なれるよ。いっしょにおままごとしたり、あ、ミルクもあげるし。風花の妹、ぜったいにかわいいもん」

口をとがらせてそう言う風花を抱きしめた。泣きそうになっている顔を見られるのが、恥ずかしかった。

「そうだなぁ。赤ちゃん来るといいなぁ」言いながら、夫の瞼《まぶた》が閉じていく。背中を撫でているうちに、腕のなかから、風花のかすかな寝息が聞こえてきた。

夫と風花に布団をかけ、照明を消し、襖《ふすま》を閉めて、部屋を出た。

冷たい風にあたりたくてベランダに出た。街灯の光よりも、ずっと暗い十一月の月が見えた。ねーね。ねーね。私を呼ぶ彩の声を思い出していた。そして、彩と二人、線路に耳をあてていたときの、あのひんやりとした感触を。

あなたの姪《めい》っ子《こ》は、もうすっかり、おねえちゃんだよ。すっごくかわいくて、いい子なんだよ。風花のために、私、もう少し、やさしいお母さんになれるかなぁ。心のなかで話しかけても、彩はやっぱり、ねーね、としか言わない。

ふと気配がして振り返ると、風花が眠そうに目をこすりながら、パジャマ姿のまま立っていた。

「寒いからね、もう寝ようね」

「ママ、大好きぃ」

寝言のようにそう言う風花の体を抱きしめながら、なぜだか、小さな妹に抱きしめられているような、そんな気がしていた。

砂のないテラリウム

そういえば、すぐに、泣いてしまう人だったな。

目の前に座り、ぼくが作った豚肉の冷しゃぶを、何も言わず口に運ぶ妻を見てそう思った。発泡酒をグラスにはつがずに、直接缶からのみながら、その顔をちらりと見るが、わかりやすい喜怒哀楽は浮かんではいない。おいしいとも、まずい、とも言わないが、食べることをやめないのだから、たぶんまずくはないのだろうと思う。

妻が最後に泣いたのを見たのはいつだっただろうか。

黙々と口を動かす妻とは裏腹に、隣に座るひとり娘の藍《あい》は、ピンク色のプラスチック製の箸《はし》で、椀《わん》の中をかきまわしてばかりいる。夕飯前にお菓子を食べてはいけないと、ぼくにきつい言葉で叱られ、ひと泣きしたせいで目の縁はほんのりと赤い。藍はぼくに叱られると、泣いたあと、ぼくの顔を絶対に見ようとしない。まるで叱ったぼくに罰を与えるように。

ごくごくとわざとらしくのどを鳴らして発泡酒をのむ。

じんわりとした酔いが胃のあたりからわき起こってくる。スーパーマーケットで買い、袋から出しただけの胡瓜《きゅうり》の漬け物は、意外に味が濃くて、これだけで、ごはんが何杯も食べられそうだった。けれど、口のなかに化学調味料特有の後味が広がる。

冷しゃぶにかかっているごまだれも市販のものだ。今日の夕食は、全部がなんだかとても出来合いの味で、まずくはない。まずくはないけれど、万人の味覚の平均値をとったような、そんなぼやけた味がするものばかりだった。

毎週、日曜日の夕食は、ぼくが作る。そういうことになっている。それが我が家の決まり。ルールだ。それにぼくが異議を唱えることはない。いつから、このルールができたのかも、もはや覚えていない。パソコンでレシピを調べ、材料を買い、調味料の量さえ間違わずに作れば、大抵は失敗しないで作れる。大学時代は、主に経済的な理由で、アパートに備え付けられたミニチュアみたいなキッチンで、毎日、何かしら作り、食べてはいたのだから、基本的に炊事は苦ではないのだ。

けれど、梅雨も明けていないのに、真夏のような暑さになった今日は、何を作っていいのか、夕方になってもさっぱり思いうかばなかった。昼食は妻が作った素麵《そうめん》を食べただけなのに、そのあとは腹が減っていく気配がなかった。

何も考えられないまま、スーパーマーケットに行き、地下の肉売り場のPOP「こんな日は、簡単にできる冷しゃぶがおすすめ！」という文字に催眠術をかけられたように、特売の冷しゃぶ用の豚肉を二パック、カゴに入れていた。その豚肉のそばで売られていた冷しゃぶ用のタレは、冷蔵庫のドアポケットにあったたな、と思い出せるくらいの冷静さはあった。

家に帰り、湯が沸騰した鍋《なべ》の前に立ち、薄切り肉を、次々に湯にくぐらせた。ガス台の前に立っていると、額から汗が噴き出す。茹《ゆ》であがり、色の変わった肉を、氷水を入れた銀色のボウルに入れているうちに、食欲はきれいさっぱりなくなっていた。

小さくちぎったレタスや胡瓜、パプリカの上に、茹であがった肉を並べた。野菜と、肉。味噌《みそ》汁の具には、豆腐とわかめとねぎ。胡瓜の漬け物。見栄えや、栄養バランスが極端に悪い食事でもない。自分で、自分をほめてやりたかった。

食事中はテレビをつけない。これもいつの間にかできた我が家のルールだった。藍が生まれる前は、テレビはつけっぱなしだったはずだ。とはいえ、ぼくも妻も、おしゃべりなタイプではないから、食卓はとても静かだ。時々、朝に観たアニメの話とか、幼稚園の話題とか、藍が子どもらしい突拍子もないことを口にすることが、ぼくと妻にとって救いでもあった。

テレビのことだけじゃない。前を見て歩いていたら、道に埋まったたくさんの小石につまずきそうになるように、いつの間にか、ぼくと妻と藍との三人の暮らしには、そういう決まりがいくつもできていた。

大学を出て、勤めはじめて六年目の春、共通の友人を介して、ぼくと妻は出会い、そして恋人になった。藍が生まれる前のぼくらは、もっといろいろなことにルーズだった。

DVDを観ながらポテトチップスを食べて、歯磨きをしないまま寝てしまうこともあったし、燃えるゴミと燃えないゴミを正しく分けず、いっしょくたにして出したこともだってあった。そのルーズさが、ぼくと妻との間に藍という子どもが誕生したきっかけになったのかもしれない、とは思う。つまり、しているつもりで、ぼくらは正確に避妊をしていなかった。

つきあいはじめて三年が経って、いずれは、この道の先に結婚という道標があることはかすかに見えてはいた。妊娠はもっとずっと先だと思っていた。ルーズなぼくらは、結婚と出産という大きな道標が同時にやってくることがあるということすら予想できないくらい、日々ぼんやりと過ごしていた。

「藍、ごはんちゃんと食べないと、お風呂《ふろ》入ったあとのアイスないよ」

妻はとがった声でそう言い、藍をかすかににらむような目で見る。妻の言うことに、藍は従順だ。はーい、と小さな声で返事をし、妻が取り分けた肉と野菜を箸でつまみ、小さな口に運ぼうとする。

開けたままの掃きだし窓から、野球中継の音が聞こえてくる。

平和な日曜日の夜。藍の体のために、妻はどんなに暑くても、クーラーをぎりぎりまで我慢する。ぼくの首と胸を汗がつたっていく。それをタオルでぬぐう。

藍がいない頃のぼくと妻なら、この室温と湿度なら、寒いくらいに部屋を冷やしていたはずだ。妻が体のことを気にしはじめたのは、藍の妊娠中からで、それは藍が生まれてからも持続している。

当たり前だ。

母親なのだから。

そう、頭ではわかっていても、妻が自分の体や、子どものことを考える時間が増えるにつれ、ぼくへの興味が減っていることを強く感じてしまう。

私に子どもなんか産めるのかな。

そう言って、不安げな顔をしていた妻はもうどこにもいない。母親として正しいことを言い、正しい行動をする。妻はあっという間に母親になった。その姿を目にするたび、自分のなかの何かが目減りしていくような気がした。

ひとり娘の藍が四歳に成長するためには、当然のごとく四年間の月日が必要だったわけだけれど、まだ結婚前の妻が妊娠してしまったかもしれない、と仕事帰りのスーツ姿のまま、ぼくのアパートで大泣きしたのは、ついこの前のような気がする。

つきあいはじめた頃、ぼくが何気なく言った一言を気にして、一人くよくよ悩んでは、真夜中に泣きながら、電話をしてきた妻はもうどこにもいない。

目の前にはぼくが作った夕食を食べる、健康な妻と娘。傍《はた》から見れば、今のぼくの人生に、どこにも悪いところはない。同僚にも、先輩社員にだって、結婚すらしていない人間がたくさんいる。結婚をしても子どもができないカップルもいる。そのふたつを同時に手に入れたおまえは、今の世の中でどんなに幸せかわかるか、と、酒の席、酔った勢いで、からむようにぼくに言ってくる上司もいた。

営業成績が悪いときは、自分には妻と子どもがいるのだから、と、それが重石《おもし》のような責任になって、がんばることだってできた。ぼくの家族は、世間的には何ひとつ欠けていないように見えるはずだ。けれど、最近のぼくが、通勤途中の電車のなかや、会社のトイレに座っているとき、あるいは風呂につかっているときに、ふと、考えてしまうのは、あったかもしれない、もうひとつの人生だ。

妻が妊娠しなければ。

妻と結婚しなければ。

あの頃の妻のように、自分のことで悩んで誰かに泣いてほしい。真夜中に、誰かに自分のことを恋しいと思っていてほしい。それがわかっていて、それに素知らぬ顔をして、自分が誰かに好かれている、という満足感に浸ってみたい。それが誰にも言えないぼくの願望だった。

「ごちそうさま」

妻はそう言って、自分の食器を片付けはじめる。重ねた食器をシンクに持っていき、水につける。藍も茶碗《ちゃわん》にごはんが半分ほど残っているが、取り分けられた肉と野菜はどうにか完食できたようだ。元々、食の細い子どもだ。残さず全部食べないとだめだよ、と注意すると、簡単に二時間くらいかかってしまう。おかずだけでも全部食べられたらよしとする。それも、この家のルールのひとつだ。

「ごちとうたま」

藍もそう言って、椅子から下り、リビングのソファの前に散らかしたままだった、絵本を手に取る。妻もソファに座り、テレビをつける。ぼくはまだ、食事中なのだけれど。

ぼくは所在なげに、まだ、胡瓜の漬け物を齧《かじ》っている。自分が作った冷しゃぶにも、ごはんにもほとんど手をつけられないまま、発泡酒だけを口にしている。妻はしきりにチャンネルを変える。観たい番組はなかなか見つからないようだ。ほんとうはテレビなんか観たくないのかもしれないが、ニュース番組でチャンネルを変えるのをやめた。日本のどこかの町で起こった殺人事件と、高速道路で起こった追突事故。ぼくには興味がない。妻だってそうだろう。ぼくの口から、大きなげっぷが出る。

「藍ぃ、お風呂入ろうか」

ソファから立ち上がりながら、妻が藍に話しかける。うん、と藍が返事をし、二人でリビングを出て行く。しばらくすると浴室のドアが閉まる音がして、大きな水音と、藍のはしゃぐ声が聞こえはじめる。

たとえ、土日であっても、営業先から、仕事関係のメールが来ることがあるので、ぼくは家にいるときでも、デニムのうしろポケットに携帯を入れていた。食事中から、その震えで、メールが来ていたことは知っていたが、それを見るタイミングがなかった。日曜日のこんなに遅い時間、仕事のメールだ、と、堂々と嘘をつくのも気がひけた。テレビの音すらしない静かな食事中、そのバイブ音に妻は気づいていたかもしれない。

「おつかれさまです。お仕事、お忙しいとは思いますが、お時間があれば、お酒でものみに行きませんか？　お話もゆっくりしたいですし……」

体の奥から、酔いとは違う湿気を帯びた熱が全身に広がっていく。この世の中に、自分に会いたいと思ってくれている女がいるという喜びだ。それさえあれば、明日《あした》からの過酷な仕事にも耐えていけるような気がした。

妻が、自分と藍の分の食器を片付けたせいで、テーブルにはもうぼくの食器しか残っていない。ぼくの分の食事は、どんどんと冷めていき、そのほとんどが残ったままだ。

妻はそのことにも気づかない。あるいは、気づかない、ふりをしている。

どうして君は、そんなふうにぼくに興味がなくなったんだい？

その問いがふいに頭に浮かぶ。

ここまで作りあげて来た家庭を壊す気なんてさらさらない。

だけど、ぼくはちょっとだけさびしいんだ。

誰かにほんの少しだけ、興味を持ってほしいんだ。


営業会議、とは言っても、部長が現状打破のために、なにか見当外れなことを言い、課長がそれを遠回しに否定する、というていつものパターンだ。老舗《しにせ》の事務機器メーカーではあるが、自分が所属するコピー機、複合機のリース部門は、このところ特に伸びが悪い。業界全体が落ち込んでいるし、今使っているコピー機が壊れもせず、満足しているのに、使いにくい、余計な機能がついた高い機械に換える人はほとんどいない。

うちの会社ももって三年らしい。

どこから、そんな噂が立ったのか、最初にその噂を聞いたときは、いったい自分はこれからどうすればいいのかと、不安になった。秋が深まり、妻の出産が迫っていた頃だ。ぼくも、同い年の妻も、すでに三十をいくつか越えていた。けれど、同僚たちを見ても、積極的に転職活動をする人間が増えたわけでもなかった。どこの会社にもあるような、ただの噂だったのか。もし、それがほんとうのことでも、そのときはそのとき、この会社の最後を見届けてやる、という自虐的な気持ちに次第に支配されていった。

会社は相当まずいのかもしれない。それが現実となってきたのは、一年前、給与も、ボーナスも、カットされたときだった。藍が、幼稚園に入った年だ。

そのことを告げたとき、妻は俯《うつむ》いたまま、新聞紙に折り込まれているチラシを半分に折り、それをまた半分に折った。折り目を、短く切り揃えた爪に透明なマニキュアを塗った指が、行ったり来たりした。

藍が生まれたあとも、二人で長い時間をかけて話しあったわけではないが、マイホームや、二人目の子ども、という話題は、ぼくも妻も、ごく普通に口にしていた。

人生ゲームのコマを一マスずつ進めるように、家や車を求め、家族を増やし、財産を殖やす。今の会社では、それは難しい、と、初めてつきつけられた。それでも、まだ、なんとかなるかもしれない、という楽観的なぼくとは違い、妻はもしかしたら、そこで何かを、たくさんのなにかを、あきらめたのかもしれない、と今になってみると思う。

「藍が幼稚園に行っている間、パートをしようかな。……まぁ、私が働いても、たいしたお金にはならないけどね」

ぼくの不甲斐《ふがい》なさに対する文句ではないことに、ぼくのどこかがかすかに傷ついていた。勝手な言いぐさだが、この甲斐性無し！　と怒鳴られたほうが、まだましなような気がした。妻の提案は確かにありがたいものではあったが。

妊娠中に切迫流産と切迫早産を経験して、妻は出産前に仕事をやめた。元々体力があるほうではなかったし、仕事をすることに前向きなわけでもなかった。ストレスでいつも胃が痛い、とおなかを押さえていることが多かった。妻が家にいて、子育てをしながら、自分の生活を支えてくれて、贅沢《ぜいたく》さえしなければ、ぼく一人の稼ぎでなんとかやっていけるだろう、と思っていた。

妻が会社をやめようかな、と悩んでいる頃、会社にいる、共働きのカップルによく話を聞いた。彼らは皆、疲れていて、ランチやのみ会の席で、パートナーの悪口をしばしば口にした。

「ほんっとに、私から言わないと何もしないの。雨が降ってきて、ベランダの洗濯物が濡《ぬ》れているのに、気づかないでテレビを観てるの。人としてどうかしてるよ」

「会社でこんなにこき使われて、家では家事も子育ても半分ずつ、ってさ、できるわけないじゃん。体がいくつあっても足りないよ」

彼らの話を聞いていると、子どもの頃、真夏の浜辺でよくやった遊びを思い出した。砂の山を作る。そのてっぺんに、割り箸《ばし》かなんかをさす。順番に砂を崩していく。割り箸が倒れたほうが負け、という、あのシンプルなゲーム。砂の山は、自分が一人になれる自由な時間だ。それを二人が奪い合う。生活を継続させるために必要な家事と、子育てのための手間や時間を相手に押しつけ合いながら。

それがゲームのようではなく、戦争のように見えることもあった。ぼくは、そうはなりたくなかった。非力なぼくと、ストレスを感じやすい妻では、共働きは無理だ。そう思った。仕事で生まれる不安や心配ごとに、妻がさらされ、その状態にいる妻を支える自信もなかった。

給与カットの話が出た翌週に、妻は近くにあるホームセンターで、パートの仕事を見つけてきた。ぼくも何度も行ったことがある。一階はこのあたりでは特に大きなスーパーマーケットで、輸入食品や、ワインの品揃えも豊富だった。屋上に駐車場もあり、遠くから訪れる人も多かった。スーパーマーケットの隣には、ペットショップや、ガーデニング用品売り場があり、草花や野菜の苗も販売されていた。

妻が働くことになったのは、そのガーデニング用品売り場だった。平日は藍がお弁当を持って行く火曜日と木曜日と金曜日の週に三回、そして月に二度ほど、日曜日に出勤してほしいと言われ、その頃から、日曜日はぼくが夕食を作る決まりができた。

パートを始めた当初は、ぼくが仕事を終えて、家に帰ってくる時間になっても、ぐったりとした顔をしていたことも多かったが、意外なことに、すぐに仕事には慣れたようだった。

「藍の進学費用とかが心配だから……少しでもね、貯金」

その頃、妻がそう口にしたこともある。マイホームや、次の子どものことといった不確実な未来のことよりも、目の前にいる藍の将来のことに、妻の視点は定まりはじめたようだった。給与が少ない、とか、いつまでもこんな古い賃貸マンションに住むのはいやだ、とか、妻が具体的な不満を口にしたことは一度もない。

けれど、それ以前まであった、ぼくとの自然な会話はめっきり減ったし、ぼくと目が合いそうになると、つい、と目を逸《そ》らす。

例えば、妻が狭い洗面所の脇にある洗濯機に洗濯物を入れていて、洗面所にやってきたぼくが、妻のほんの少したるんだ脇腹の肉をつかみ、妻がくすぐったそうな声をあげる。それまでの日常生活にあった、そんな何気ない夫婦のやりとり、といったものもなくなってしまった。

夜になれば、隣の布団に寝ていても、ぼくより先に寝息を立ててしまう。肌を触れあわすことが、ゼロになったわけではないけれど、疲れた顔をして寝ている妻を見れば、無理矢理《むりやり》することには抵抗があった。性欲が、というよりも、ぼくにとっては、妻のなかで、ぼくの存在が日々、薄く、軽くなっていくことのほうが問題だった。

営業先まわりを終え、携帯を見ると、仕事のメールが三件、プライベートのメールが二件来ている。慌ただしく仕事のメールを読み、すぐに返信したほうがいいものに、道ばたで立ったまま返信した。会社のアドレスではなく、自分のアドレスに来ているメールのうち、妻から来ているほうを先に見る。

「ごめんね。午後、パート先で具合が悪くなってしまって、今、病院にいます。混んでて診察に時間がかかりそうで……。幼稚園のママ友にお願いして、藍はそのお宅にいます。もしできるなら、午後六時半くらいまでにそのお宅に迎えに行ってほしいんだけど、難しいかな？」

メールのあとに、妻が言うママ友、岡崎《おかざき》さんの家の住所と電話番号が添えられていた。時間はもう、午後六時になろうとしていた。このあと急ぎの仕事があるわけではない。会社に連絡を入れれば、直帰できるだろう。妻に返信する前に、我慢できずに、もう一件のメールを見る。

「おつかれさまです。今日のお約束、だいじょうぶですか？　お忙しいようであれば、日程を変えましょう。お仕事の合間で恐縮ですが、お返事お待ちしております」

歩きながら頭のなかはくるくると考えがめぐっていく。地下鉄の入り口から、たくさんの人が地上に吐き出されてくる。一日の仕事を終えた、もしくは、まだ、会社に戻ろうとしているのか、解放感と疲労がごちゃ混ぜになったそんな顔を皆、している。自分もまた、同じような顔をしているんだろう。

今日は木曜日だ。

妻の体調が悪く、明日も寝ているような事態になれば、仕事を早く切りあげて、藍の世話を自分が引き受けなくてはならない。延期にしてもらったほうがいいのかもしれない。それに少し、もったいつけたほうがいいのかも、という考えも浮かんだ。相手を待たせたほうが有利なのかも。自分が優位に立てるのかも、というかけひきの。

地下鉄のホーム、生温かい風が顔に吹き付ける。どう考えてもぼくは今、妻の体調よりも、彼女から来るメールのほうに気を取られている。すみません。今日、仕事の終わり時間が見えなくて、と理由をつけて、来週の金曜日なら、と返信した。すぐに返信が来た。

「ゆっくりお話しできたほうが私もうれしいので。では、来週にしましょう。おいしいお店を探しておきます。何かリクエストがあれば教えてくださいね」

ゆっくりお話しできたほうがぼくだってうれしいのだ。

笑うまい、と思いながら顔は自然ににやける。その顔で妻にメールを返す。

「今、会社を出たところ。藍、迎えに行けるよ。体調だいじょうぶ？　病院に迎えに行こうか」

妻からもすぐに返信が来た。病院の待合室で携帯をいじってもいいんだろうか。

「病院はまだ少しかかりそう。なんとか家までは、一人で帰れそうだからだいじょうぶ。藍のお迎えだけお願いしてもいいかな？」

「了解。これからすぐに向かいます」

最近、妻とこんなに会話をしたことがあっただろうか、と思うくらい、メールではやりとりできる。具合が悪い妻が送ってくるメールは、藍を産む前の、すぐに泣いてしまう妻のような気がした。なぜだか、それが懐かしい気持ちにもなり、今日は無性にやさしく接したいと思った。それでも、彼女との来週の食事に浮き立つ自分もいて、その二つが自分のなかで両立していることに、まったく矛盾を感じていない自分が、そら恐ろしくもあった。

岡崎さんのマンションは、このあたりでも、いちばん新しい低層の高級マンションだった。ぼくが今住んでいる賃貸マンションとは比較にならない。線路沿いではあるが、以前は企業の厚生施設があった場所らしく、広い敷地を贅沢に使い、まるで、深い森の奥に隠れるように建っていた。

もうすぐ日が暮れる時間だが、マンション入り口まで続くウッドデッキのアプローチは、足元を小さな照明が照らしている。自動ドアが左右に開くと、右手奥のカウンターのなかにいた白髪の男性が立ち上がってぼくを見て、軽く頭を下げた。

「お約束でいらっしゃいますでしょうか？」

「は、あの、岡崎さんのお宅に……娘を預かっていただいているので、迎えに……」

「では、こちらに。岡崎さんのお部屋番号と、お名前をご記入いただけますでしょうか」

まるでホテルだ。これがコンシェルジュという人か、と思いながら、やたらに書き味のいい重いボールペンで文字や数字を書いた。

「少々、お待ちくださいませ」

男性は手元にある受話器を持ち上げ、ぼくの名前を告げた。

はい、かしこまりました。では、そちらからお入りください。男がそう言うと、ぼくの左側にある自動ドアが開いた。エレベーターの前には、生まれたばかりくらいの乳児をベビーカーに乗せた若い母親がいた。エレベーターのドアが音もなく開く。母親がぼくと同じ四階を押し、そして、ぼくより先に降りた。

母親はわきに、茶封筒や夕刊をはさんでいる。その服装から考えても、訪問者ではなく居住者なんだろう。

それを考えると、世の中の不公平さをしつこく嘆きたくなる。妻のママ友の岡崎さんという人だってそうだ。こんなマンションに住むのなら、藍と同じ幼稚園ではなく、都心にある、大学までエスカレーター式に上がれるような幼稚園に通えばいいじゃないか。心のなかでぶつぶつとつぶやきながら、部屋番号の下にあるベルを押すと、インターフォンではなく、ドアの向こうからすぐ、はーい、という女性の声と、子どもたちがはしゃぐ声がした。ドアが開く。

岡崎さんだろうか、女性のうしろで、幼稚園の制服を着た藍と、同じくらいの背格好の女の子がふざけ、声をあげていた。どこからかハーブのような、香水のような、かすかな香りがする。絶対に、自分の家では嗅《か》ぐことのない香りだ。

「遅くなって申し訳ありませんでした。すっかりお世話になってしまったみたいで……」

「いえいえ、うちはぜんぜん。奥様、だいじょうぶでしょうか？　お体のほう……」

娘と同じ幼稚園に通う保護者と、どんな口調で話していいのかわからなかったが、岡崎さんにつられ、どんどん言葉が丁寧になってしまう。奥様という言葉と、妻の姿がどうしても重ならない。

「この時期、時々、貧血で調子が悪くなることがあるので、多分、それじゃないかと……」

「季節の変わり目ですものね。雨が続いたり、気温が上がったり。……うちはかまいませんので、明日《あした》も、まだ奥様のお加減悪いようでしたら、うちで藍ちゃん、預かりますから。ね、藍ちゃん」

岡崎さんはそう言って、うしろを振り返ると、藍が、うん！　と笑みを浮かべ、大きな声で返事をした。妻以外の大人に、こんなになついている藍の様子もなんだか不思議な気がした。

「萌《もえ》とも、藍ちゃん、なかよく遊んでくれるので、私のほうが助かっているんですよ。萌は、上の兄と年齢も離れているので……、うちは、ほんとうにかまいませんので、明日、連絡くださいね……」

そう言いながら、ふわりと岡崎さんは笑う。

「あ、いや、いえ、ほんとうに、もう、ありがとうございます」

「あ、あと、塾に行く前の兄と、萌といっしょに、藍ちゃんにも夕食を食べてもらったんです。勝手なことをしてすみませんでした」

「いいえ、もう、そこまでお世話になってしまって……」

しどろもどろだった。相手に絶対に負担をかけない、という話し方に、かえって追い詰められていくような気がした。

「藍ちゃん、忘れものはないかな？」

そう言って笑いかけた岡崎さんにどうしても視線が向いてしまう。ノースリーブのシャツから伸びた腕。うっすらと二の腕に脂肪がついている、その感じは、いかにも子持ちの主婦だ。年齢はもしかしたら、妻よりもずいぶん上なのかもしれない、と思った。無造作に見えて、実はとても手間のかかっているヘアスタイルとか、絶対に下品に見えない髪の毛の色とか、そのすべてが計算し尽くされているような気がした。メイクや、ドアノブに手をかけた指先のネイル、そのどれもが自然で、自分や妻とは違う世界に住む人間、という気にさせた。

心配そうにかすかに首を傾げた顔には、どこか見覚えがある。藍が幼稚園に入ったばかりの頃、妻がメールに添付して送ってきた一枚の写真だ。子どものお迎えの時間が来るまで、ママ友たちとどこかの店で、ランチをしている写真。そのなかに岡崎さんはいなかっただろうか。人見知りしやすいし、友だちづくりも下手な妻は、そのあと、ママ友とのランチの話をすることはなかったが、目の前にいる岡崎さんという人と、子どもを預かってもらうほど、仲がいいとは思わなかった。

「ほんとうにありがとうございました」

岡崎さんに何度も頭を下げ、藍に、さ、帰ろう、と腕を伸ばすと、頬を膨らませて、体を横にくねらせる。やだよー、まだ遊ぶよー、とごねる藍の手を握った。

「ママが病気だから、な。ママがおうちで待ってるから」

藍は頬を膨らませたまま、しばらくじっと考えるような顔をしていたが、それでもぼくの顔を見上げ、こくりと頷《うなず》いた。藍と手を強くつないだまま、また、何度もお辞儀をして、ドアを閉めた。エレベーターに乗ると、ふーっとため息が出た。


「岡崎さんって、このあたりの地主さんなの、だんなさんの家が」

「そうか……」

布団に横になったまま、そう言う妻の顔は確かに青白い。つきあっているときも、よくこんなふうになった。そんなときは、ぼくも妻の横に寝転んで、いろんな話をしたけれど、もちろん今は、そんな心の余裕がない。

岡崎さんのマンションにいるときから、緊張のせいなのか、わきの下にぐっしょりと汗をかいていた。一刻も早くシャワーを浴びて、発泡酒をのみたかった。何か腹にも入れたかった。冷凍チャーハンでも冷凍うどんでも、カップ麵《めん》でもなんでもよかった。コンビニエンスストアに寄る、という心の余裕もなかった。布団の横に立ったまま、視線を布団に落とす。

上着をハンガーにかけ、ネクタイを手荒く外す。寝室にしている和室は、畳が少しずつ擦り切れてきている。妻が寝ている布団も、夏用のものとはいえ、だいぶへたって、薄くなっているような気がした。結婚のときに買った安物だ。そこに寝ている妻の顔は、具合が悪いとはいえ、ひどく貧相に見えた。岡崎さんを見たせいで余計に。

「飯は？」

そう聞くと、頭を横に振り、ぷい、と顔を背ける。腹は減ったのか、という意味で聞いただけなのに、ぼくの飯は？　と受け取ったのかもしれない、とちらりと思う。

藍は制服を着たまま、テレビを観ている。もう午後八時を過ぎている。藍を風呂《ふろ》に入れて、風呂上がりにアイスかジュースをあげて、歯を磨かせて、布団に入れる。自分には、そんな力はもう少しも残っていないような気がした。

「ただの、貧血？」

こくりと頷いて、妻は目を閉じる。妻にも、ぼくにも、互いにかけたい言葉はあるのに、なぜだかどうしてもそれができなくて、意地になっている。素直になるために、とにかく何か食べたかった。腹が減っていると、どうしたって感情はとがっていく。その前に、藍だ。

「ほら、藍、風呂に入るぞ」

「やだ、ママと入るー」

「ママ、今日は病気だから。パパと」

やだやだ、ママと入りたいよ——、もう眠いせいなのか、藍は、大きな声をあげて、泣きはじめる。何もかも、もううんざりだった。テレビの前には、畳んでいない洗濯物が山になっていた。なんでこんなに汚れ物が出るんだ、と、妻に八つ当たりしたくなる。藍は泣き続けている。そんなにいやなら、一日くらい風呂はいいか。叱る気力もなかった。もうのんでしまおう、と思い、キッチンに行くと、シンクに洗っていない汚れた食器が重なっている。ガラスのコップにさしたままの箸《はし》やスプーンを見ていたら、なんだか無性に腹がたってきた。岡崎さんのマンションのキッチンには食洗機がついていて、岡崎さんはスポンジに洗剤を垂らすことなんてないんだろう。そう思いながら、水を流し、食器を洗った。

ぼくは今日、彼女とゆっくり酒をのんでいるはずだったんだ。なのに、なんで。一週間、死ぬほど働いた。今日の夜の、ために。その予定がつぶれて、みじめで怒りっぽい気持ちになっている。

彼女、亜美《あみ》に出会ったのは、大学時代の友人、後藤《ごとう》に誘われた合コンでだ。

「指輪、外しとけ」

後藤は店に向かうタクシーの中でそう言った。ぼくは言われるままに指輪を外し、小銭入れのなかにしまった。結婚したばかりの頃に比べれば、指も太くなったせいなのか、左手の薬指にはくっきりと指輪のあとが残っている。じっとそこを見つめられれば、すぐに指輪のあとがあることなどばれてしまうような気がした。そうやっても消えるわけはないだろう、と思いながら、ぼくはそのあとを指でもんだ。

合コンに誘ってくれた後藤は、半年前に浮気がばれて離婚したばかりだった。慰謝料をとられなかったのは、向こうだって男がいたからさ。悪びれもせずにそう言った。

学生時代から、そんなやつだった。ぼくの記憶をたぐりよせてみても、女が切れたことがない。二人、三人と、同時につきあっていたこともあった。顔もいいし、頭もいい、けれど、女癖は最低だった。学生の頃から、合コンなんて、この友人から誘われなければ行ったことがない。後藤が結婚している間は、それほど会うこともなかったが、離婚後は、時折、時間を合わせては酒をのみ、仕事の愚痴を言い合う仲に戻っていた。

「おまえ、なんか、ときめきがたりなーい、とか言ってるＯＬみたいな顔してんな」

あるとき、ひどく酒に酔った後藤がそう言った。

なんだよそれ、と言い返してみたものの痛いところを突かれた気分だった。

「おまえにときめきを与えてやる」

どうせまたキャバクラかなんかだろ、と思いながら、後藤の言葉に曖昧《あいまい》に頷いたが、翌朝には合コンのお誘いメールが来ていた。行くつもりなど最初はなかった。返事をしないまま放置していたが、おまえ、もう、人数に入っているから。来ないとおれの顔が立たないから。と、店の場所とともにメールが来たのは、合コンの前日のことだった。

「相手も、今頃、指輪、外してたりしたら、どうすんだよ」

タクシーのなかで不安になってそう聞くと、

「それはない。調べはついているからだいじょうぶ」とけろっとした声で言う。

だったら、こっちだって、既婚者かどうかなんて、すぐにばれるんじゃないか。

なるようになれ、と思いながら、店に着くと、すでにテーブル席に三人の女性が座っていた。もう一人の男性、後藤の友人がやや遅れて、会は始まり、後藤のリードですべては滞りなく流れていった。

三人の女性たちは、二十代後半から、三十代前半。全員、会社員で、派手な雰囲気はない。シンプルなラインのワンピースか、スーツ姿。化粧も控えめで、どちらかといえば、地味、といってもよかった。ぼくは誰かに何かを聞かれれば話し、ぼくが話さないことも、後藤が代わりに付け足した。

正直なところ、女性たちを前にして、自分は舞い上がっていた。自分はここでは、未婚の男だ。これから、誰と恋愛してもいいし、誰と結婚してもいい。独身男のふりをして、ここにいるだけで、ぼくのどこかは確実に晴れやかになっていた。

男性のなかでは、自分がいちばんさえない。くたびれたスーツに革靴。身につけているものは、このなかでいちばん安物のはず。生活や仕事に疲れたぼくに興味を持つ女性などいないだろう、と思っていた。翌日、亜美からメールをもらうまでは。

「おつかれさまです。昨日はとても楽しかったです。今度、二人だけでお酒でもいかがですか？　お仕事の話もしたいですし」

三人のなかではいちばん年下の、二十七歳の女性だった。顔を見たときから、学生時代に長くつきあったことのある彼女にどこか似ているな、と思っていた。つまり、自分好みの女性だった。肩まで伸びた髪の毛を片方だけ耳にかけ、ピアスが光っている。言葉数は少ないけれど、落ち着いた声のトーンが耳に残る人だった。そのメールで舞い上がってしまった。誰かが、自分に興味を持ってくれている。そう思うだけで、力が湧いてくるような気がした。電車のなかで何度もメールを見返し、うれしさを噛《か》みしめた。

そのメールにすぐに返事をした。今度、が、具体的な日時になったのは、合コンから一カ月が過ぎた先月のことだ。亜美からは、週に一度くらいのペースで、メールが来ていた。何気ない内容だが、毎回書かれている、「おつかれさまです」という文字がぼくの疲れをほぐし、癒《い》やした。後藤が言うように、ぼくに必要なのは、くすんだ生活を輝かせる、ときめき、のようなものなのかもしれなかった。

待ちに待った金曜日が来て、ぼくはまた指輪を外し、小銭入れにしまった。

亜美が選んだイタリアンの店は、自分の会社からは少し遠い。それがありがたかった。自宅と反対方向の地下鉄に乗るとき、体のどこかがふわりと軽くなる。妻には、営業先ののみ会で遅くなると、伝えていた。

合コンのときより、幾分、亜美はリラックスした表情だった。少し、胸元の開いたワンピースからのぞく、白い肌と、浮き上がる鎖骨がまぶしかった。

「すみません……お忙しかったんじゃないですか？」

「いえいえ、そんなことはないんです」

女性と二人、向かい合って座っているというだけで心は次第に浮き立つ。

この前はそれほど気づかなかったが、亜美はたくさん酒をのむ。ペースも速い。多分、ぼくよりも強いのではないか。あの日は口数が少なかったが、今日は、ほぼ亜美が話し、ぼくが相づちを打った。誰といてもそうだが、大抵、ぼくは聞き役にまわる。亜美の話のほとんどが仕事のことだった。あまりに仕事の話ばかりするので、ただ、愚痴を聞いてほしいのかもしれない、とそんなふうにも思った。

「なんだか、片岡《かたおか》さんに話を聞いていただいているだけで、落ち着いてきます」

亜美のグラスはすぐに空になり、亜美がメニューを見て選んだボトルのワインを、ぼくは何度も亜美のグラスに注いだ。そこは自分が支払いをした。カードの明細は、妻も見てしまうから、現金で払った。ちょっと驚くような金額ではあったけれど、亜美がトイレに立った隙に素知らぬ顔で支払いをすませた。

二軒目は、その店の近くにある古いビルの、地下にあるバーだった。ぼくの先に立って階段を下りていく亜美の体が揺らいだ。落ちてはいけない、と、腕をつかんだ瞬間、振り返り、亜美が抱きついてきた。

「最初、見たときから、片岡さんのこと好きだったんです」

仕事の話をした声のトーンとはまるで違う声で亜美は言った。そのあとのことはあまりよく覚えていない。人気《ひとけ》のない暗い踊り場で、やわらかい亜美の体を抱き、口づけた。そのままバーに入ってはみたものの、何を話したかも覚えていない。

「片岡さん、私みたいなの、だめですか?」

さすがに酔って、うまく舌がまわらなくなってきた亜美が、ぼくを見上げ、舌足らずにそう言ったときに、確信した。仕事の話をしていた亜美とは違う、甘い声と潤んだ瞳《ひとみ》。自分が欲しいのは、ときめきなんていうふわふわした甘いものではなく、実体を持った一人の女なのだと。

酔った亜美をタクシーに乗せると、腕にしがみついてきた。そのまま、隣に座って、亜美の部屋に行ってしまいたい気持ちはもちろんあったが、ぎりぎりのところで我慢した。ぼくは今、亜美をどうにでもできるのだ、と思った。その喜びを、もう少し長く味わっていたかった。指輪を外したままで。

「また会おうね。メールするから」

そう言うと、一瞬、亜美が泣きそうな顔をして笑った。ドアが閉まり、タクシーが車の流れに紛れ込んでいく。それを見届けてから、最終電車に間に合うように、ぼくは駅のほうに歩き出した。

玄関に灯《あか》りはついていたが、廊下や、その先に続く部屋は真っ暗だ。妻はもう眠っているようだった。寝室の襖《ふすま》はぴたりと閉じられている。

ダイニングテーブルの上に蓋《ふた》の閉められた瓶があり、その中に小さな球状の苔《こけ》のようなものが入っていた。その下に砂などはない。苔は小さなマリモのようにも見えた。蓋が閉まったままでも、大きくなるのだろうか？　枯れてはしまわないのだろうか？　と思ってはみても、自分には、植物のことも、それを育てる知識も皆無に等しい。

　パートを始めて以来、妻はよくこんなものを家に持って帰ってきた。枯れかかった鉢植えは、妻が手をかけているせいなのか、再びこの家で息を吹き返していた。売れ残った小さなブーケなどをもらってきては、花の部分だけ切り取り、水を張った深皿に浮かべて楽しんでもいた。

　植物に興味を持つことなど、それまでの妻にはなかったことだ。妻のそういう小さな変化は、ぼくへの興味が減っていることと無関係ではないような気がした。

　ふと、亜美の残り香が鼻をかすめた。なんの香りかはわからない。夏向きの、甘すぎない、柑橘《かんきつ》系の香り。抱き合い、口づけまで交わしたのだから、自分のどこかからも、そんな香りがするんだろう。そう考えたら、急に怖くなった。リビングの隅にあるラックから、消臭スプレーを取り、脱いだスーツに吹き付けた。洗面所に行き、ワイシャツを脱ぎ、自分の鼻にあてる。亜美の香りがするような気もするがよくわからない。証拠を隠滅するように、丸めて、脱衣カゴの底に押し込んだ。

　日曜日がまたやってきて、ぼくはスーパーマーケットに出かけた。

　今日作るものは、ネットで探したレシピで、もう決まっていた。回鍋肉《ホイコーロー》とチンゲン菜と卵のスープと、水菜と豆腐とちくわのサラダ。肉のパックをカゴに入れ、なるべく新鮮そうな野菜を選んだ。

あの日以来、ほぼ毎日、亜美からメールが来ていた。次に会ってしまえば、ぼくはあきらかに、この前よりも長く、近く、亜美の体に触れるだろう、という気がした。

うしろポケットの携帯が震え、取り出して見ると、やはり亜美からだった。今度の土曜日に会いたい、というメールに、地方出張で帰りが遅いので、と、断りのメールを入れていた。それでもメールは途切れずに来た。

「でしたら、来週の金曜日などはいかがですか？」

メールの文面は、あくまでも口づけを交わす前の亜美で、くだけた感じはないが、どこか急《せ》いた雰囲気もあった。亜美の前では独身の男である自分が、週末や、休日にいったい何をしているのか、それを探っているような気がしないでもなかった。

会いたい気持ちは確かにあった。けれど、このまま、亜美と会う回数が増えていけば、それだけ出費も増える。それをどうやってやりくりするんだ？　という考えが頭に浮かぶ。手には、一袋九十八円のピーマン。この前亜美と行ったワインバーは、妻のパートの何日分なんだろ？　そう思った瞬間、亜美とそうなってしまったとしても、続けなければいいじゃないか、と、囁《ささや》く自分の声がした。家族のための夕食の材料を手にしながら、一度だけいい思いができれば、それでいいじゃないか、と考えていた。最初から自分はあそこに呼ばれる人間ではない。既婚者だということを話す前に、亜美に深入りしてはいけないのだから。

スーパーから出て、駐輪場に停めた自転車の鍵《かぎ》を外そうとしていると、目の前の商店街を、この前藍を預かってもらった岡崎さんが通り過ぎた。たくさんの人が歩くその通りでも、なぜだか岡崎さんの姿は目立つ。歩き方なのか、それとも、纏《まと》う雰囲気なのか。荷物を前カゴに入れ、駐輪場から自転車を出し、岡崎さんの背中を追った。違う道を通って、自転車に乗ってもよかったのだが、なぜだかそうはしたくなかった。

日曜の夕飯どきのせいか、商店街は混雑していた。

一定の距離をとって、自転車を押して、ぼくは歩いた。

岡崎さんは、花屋に寄り、店員に話しかける。すでに用意されていたのか、透明なフィルムに包まれた大きな花束を見て、にっこりと微笑む。花束を入れた大きな紙袋を手に、岡崎さんが次に向かったのは、ケーキ屋だった。最近できたばかりの店で、雑誌にも何度か取りあげられたことがあるらしい、といつか妻が言っていた。ぼくは一度しか食べたことがないけれど。店員が、岡崎さんに紙箱の中身を見せた。岡崎さんは頷《うなず》き、頭を下げる。切り分けられた小さなケーキではなく、ひとつの円、丸ごとのケーキが入っているくらいの大きい箱だ。誰かの誕生日なのだろうか。岡崎さんは笑顔を残したまま、大きな紙袋を手に店の外に出て行った。

あのマンションで、家族の誰かの誕生日を祝うのだろうか。

そのケーキ屋のガラスに、自分のシルエットが映る。Tシャツに短いコットンパンツ。

素足にスニーカー。自転車のハンドルを持って立つ自分は、つくづくやぼったいな、と思った。これが自分でなければどんなにいいだろう。ぼくはこれから、あの古ぼけた賃貸マンションの一室に戻り、暑苦しいキッチンで家族のために夕食を作る。来週も、その次の日曜日も。もしかしたら、あったかもしれない、もうひとつの人生を考える。岡崎さんと結婚して、あのマンションに住む自分。亜美と過ごす、独身の自分。あったかもしれない、もうひとつの人生をどうしたって、夢想してしまう。

このまま、自転車も、全部の荷物もここに置いて、どこかに逃げてしまおうか、と、絶対に自分にはできないことを考える。どうして、ぼくはこんなに日々に疲れているんだろう？　また、うしろポケットで携帯が震える。多分、亜美だ、という気がした。

もし今夜、亜美との間に何かが起こったとしても、一度だけにする。二度目はない。そう自分に言い聞かせて、会社を出た。店は、この前と同じように亜美が指定してきた。ネットで調べてみたが、安い店ではない。途中、銀行に寄り、金を多めに下ろした。待ち合わせた時間には、まだ少し早い。店に向かう前に、近くのカフェに入った。週末のこの時間、店内は会社帰りの人間でごった返していた。人の声がわんわんと重なり、ひとつの大きな騒音になっている。コーヒーカップに口をつけると、どこからか聞き覚えのある声がする。

ふと見ると、自分の横にある磨《す》りガラスのパーティション越し、その壁際の席に亜美がいた。慌てて目を逸《そ》らし、顔を亜美が座っていないほうに向け、体を壁に押しつけた。それでも、亜美が、向かいに座っている女性と話している声がはっきり聞こえる。ぼくがまだ、聞いたことのないような声だ。誰かの悪口を言い続けている。

「何度もメールしてるのに、なかなか返事もよこさないんだよ。もったいつけてさぁ。よっぽど、自分に自信があるんだよね。だめならだめで、こっちだって、次に行きたいじゃん。はっきりしてほしいよ」

どきり、とした。

「打席に何度も立たないと、こっちも時間ないしね」

亜美の向かいに座っている女性が、笑いながら返事をする声が聞こえる。

「そうだよぅ。先輩みたいにさぁ、三十半ばくらいまで、結婚相手も決まらないで、結婚した途端、慌てて妊活とかするのいやなんだよ。結婚したい男なんて、どんどんまわりから少なくなっていくのに」

亜美の声のトーンはあきらかに怒っている。思わず顔を伏せた。なぜだか顔が赤くなり、耳たぶまで熱くなった。俯《うつむ》いて下を見る。会社のトイレで外した指輪のあとが、くっきりと残っている。話が終わったのか、亜美と連れの女性は、立ち上がり、店の外に出て行った。

しばらくの間考えて、それでもぼくは店に向かった。亜美はぼくの姿を見ると、ふわりとした笑みを浮かべ、手を振った。

さっきのカフェにいたときのような顔ではない。すべての女性がいつもこんな顔をしていたら、どんなにかいいだろう。それがひどいわがままな願いなのだとはわかっている。それでも。

「ごめんなさい。ぼく、嘘をついていました。結婚をしています。妻も、四歳の娘もいるんです。ほんとうに申し訳ありませんでした」

氷の入った水がぼくの顔に勢いよくかかった。まわりの客の視線が、亜美とぼくに集まっている。亜美はぼくの頰を平手で一回、強く張ったあと、何も言わずに店を出て行った。

その公園に来たのは、ずいぶん久しぶりだった。

日曜日の午後、梅雨明けの強い夏の日差しが芝生を照らしている。妻のママ友、岡崎さんが住む低層マンションに隣接した公園だ。けれどどこからは、木々に隠れてその建物は見えない。家族連れが、芝生のあちらこちらにビニールシートを広げていた。

ねえ。ねえ。妻に肩を叩《たた》かれ、はっ、とした。

「お弁当、食べないの?」

「あぁ……」

妻がラップに包まれた、おにぎりを差し出した。それを手にとり齧《かじ》ってはみるが、おなかなどちっとも空《す》いてはいないのだ。妻も何も言わず、弁当に箸《はし》を伸ばしては、芝生の向こうに目をやる。藍はしばらくの間、シートに座り、弁当のおかずを口にしていたが、会話のないぼくと妻との様子に、何かを感じたのか、二人から離れ、シートの隅に寝転がって、芝生をぶちぶちと指で抜いている。以前にも増して、ぼくと妻との間には、会話が少なくなっていて、必要最低限のことしか話さなくなっていた。

ふと藍を見ると、小石を手にして、芝生の間を叩いている。なんだろうと、視線を向け、顔を近づけると蟻をつぶしていた。

「やめなさい！」

思わず大きな声が出た。その声の勢いに藍の体がびくっ、と反応し、その次に、長く引きずるような声で泣き出した。妻が藍の背中を擦《さす》り、ぼくを見る。何も言葉を発していないのに、なぜだかその視線に責められているような気になった。

藍はひとしきり泣いていたが、しばらくすると、遊具のあるほうに幼稚園の友だちを見つけたのか、靴を履いて駆けだして行った。残されたぼくと妻は何も話さない。まわりの家族連れがやけに幸せそうに見えてしまう。

亜美からは、あの日以来、メールがない。当たり前のことだが。しばらくの間は、亜美から送られてきたメールを削除できなかった。あの日だけでも、一日だけでも長く嘘をついて、亜美を抱いてしまえばよかった、と思う自分もいた。亜美との一度だけの口づけを、反芻《はんすう》している自分もいた。それでも、亜美との関係を始めなくてよかった、と、ほっとしている自分もいるのだった。

「あ……」

妻が突然、声をあげた。その視線の先にぼくも目をやる。

岡崎さんと娘さんが手をつなぎ、ゆっくりと歩いて行くのが見えた。岡崎さんは時々顔を傾け、娘さんの話を笑顔で聞いている。この公園にいる人間のなかで、あの人がいちばん幸せそうに見えた。

「離婚、するんだって」

妻が前を向いたままそう言った。

「え？　誰が？」

「岡崎さんち。娘さんは、彼女が引き取るんだって。お兄ちゃんは、前の奥さんの子どもだから、お父さんのほうに……」

この前、商店街で見た岡崎さんが手にしていた花束とケーキは、いったい誰の、なんのためのものだったんだろう。

「うちも……する？」

妻の顔を見た。

「うちも、離婚する？」

妻はぼくの顔を見ない。妻の横顔が歪《ゆが》み、その目から涙がこぼれた。

「私が、なんにも知らないと思っていた？」

妻がぼくの顔を見る。涙は止まらない。

「あなたのシャツについた香水の香りや、家で、私がトイレに立つたびに、すぐに携帯を手にすること。メールの着信音や震えに、私が気づいていないと思った？」

妻の泣き方は藍にそっくりだった。そのことを久しぶりに思い出していた。

「その人と暮らしたい？　私とはもう暮らしたくない？」

私のこと、もう好きじゃないの？

結婚前に、不安そうな顔でぼくに聞いた妻がそこにいた。

「信じてもらえないかもしれないけれど、何もない。迷ったことは確かだけど……」

すべてをぶちまけてしまいたい気持ちになったが、指輪を外して、合コンに出たことは、どうしても話せなかった。ただ一度、口づけをしたことも。

「ぼくのことなんか、もう興味がないんだと思っていた……」

妻の眉間《みけん》にかすかに皺《しわ》が寄っていく。涙が頰を伝う。

「さびしかったんだ……」

「……さびしかったのは、あなただけだと思う？」

藍が戻って来て、驚いた顔でぼくと妻の顔を見た。妻が泣いていることに驚き、妻の首に腕をまわす。

「ママ、泣いちゃいやだよぉ。藍が寝ているとき、ママが泣いてるの、藍、知ってるよ。パパが泣かした、パパが泣かしたぁぁぁぁ」

そう言いながら藍も泣き出した。妻と藍が抱き合ったまま、泣いているのを見ながら、ぼくはなすすべもなくシートに座っていた。

ぼくと妻と藍の三人は、ぐったりとした顔で古ぼけたマンションに帰って来た。妻と藍は、家に着いてすぐシャワーを浴び、二人とも似たような、袖《そで》無しのワンピースに着がえていた。ぼくも続いてシャワーを浴びた。濡《ぬ》れた髪のまま、キッチンに行き、冷蔵庫を開けて、発泡酒を取り出した。

妻も藍も、リビングにはいない。襖《ふすま》を開けた寝室の畳の上で、二人が体をくっつけ合うように眠っていた。まるで、小さな動物が体を寄せ合うように。

なるべく音を立てないように発泡酒を開け、この前からテーブルの上にある、蓋《ふた》の閉まった瓶を見た。中に入れられた苔《こけ》は、枯れてはいなかった。それを見ながら発泡酒をのんだ。ずいぶんと大きくなっているような気もしたが、この前、これに目をとめたのがいつだかわからなかった。閉じられた瓶の中で、苔は勝手に生長していた。苔そのものが呼吸しているせいなのか、瓶の内側に細かい水滴がついている。それが息苦しさを感じさせたが、それでも苔は生き生きとした緑色を保っていた。

寝室のほうにまた目をやる。さっきと変わらないポーズで二人が寝ていた。開いたままの窓から入ってくる風のせいで、カーテンがふわりふわりと舞う。どこか遠くから、雷の音も聞こえてくるような気がした。妻と藍を、妻と藍との生活を、守ってやれる自信など、どこにもなかった。けれど、修復できないほど、壊さなくてよかったと、そう思った。自分の愚かさを直視できる勇気もない。ぼくはそういう人間だ。これから絶対に迷わない、という確信など、どうやったって持てなかった。

　立ち上がり、寝室の隅に畳まれていたタオルケットを二人にかけた。そして、ダイニングテーブルの上にあるパソコンを開いて、今晩、二人に食べさせるための夕食のメニューを探しはじめた。

かそけきサンカヨウ

「自分のさ、いちばん古い記憶って覚えてる？」

もうすぐ夏休みが始まる、いつものドーナツショップ、口のまわりにお砂糖をつけながら、だらだら話していたとき、陸君《りく》が急にそんなことを言い出した。

陸君、宮尾《みやお》君、沙樹《さき》ちゃん、みやこ、そして、私。同じ中学から、同じ高校に進んだいつものメンバーだった。

けれど、陸君自身は、小学校に入る前の記憶があまりないのだと言う。

「最近読んだ本に、そういう文章があったんだよ。だけど、一生懸命に思い出してみても、あんまり思い出せなくてね。自分のことは」

陸君はそう言いながら、ガラスのコップに入った氷入りのミルクをストローでちゅっと吸った。下くちびるがミルクで濡《ぬ》れる。陸君はそれを親指でぐいっ、とぬぐった。

私がぼんやり考えているうちに、みやこが初めて行ったディズニーランドのミッキーマウスがあまりに大きくて怖くて、泣き出したやつかもしれない、と言いだし、次に宮尾君が、家で飼っていた猫に、いきなり手のひらを噛《か》みつかれて泣いたことかも、とか、それぞれの記憶を勝手に語りだした。

私、ベビーベッドみたいなのに寝ていてさ、なんか、くるくるまわるおもちゃみたいの、ずっと見ていた記憶あるよ、と沙樹ちゃんが言い出したときは、それはちょっと話を盛っていないだろうか、という空気になったけれど、それでも、みんな、否定はしないで、うん、うん、と返事をしながらも、適当に聞き流していた。いつもの私たちのたらたらした感じで。

「でー、陽《よう》は？」

とみやこに聞かれたものの、自分には思い浮かぶことがまるでなかった。

「私、すごい、忘れっぽいから」

そう言いながら腕時計を見ると、もう、午後五時を過ぎていた。あ、夕食の準備しなくちゃ、と席から立ち上がると、みんなは、おかん、今日もがんばって、とか口々に言いながら、慌てて店を出る私に手を振ってくれた。


「ごめん、陽さん。今日のお夕食、お願いしてもいいかな？」

今朝、美子《よしこ》さんに言われて、正直なところ、うれしかった。自分の好きなものを作れるな、と思うと、顔は自然に笑顔になった。みんなの話を聞きながらも、今日は何を作ろうかな？　と私の頭のなかは忙しく動いていた。

スーパーマーケットで時間をかけて食材を選び、家に帰って手を洗い、エプロンをきゅっ、としめる。夕方の家の中は私ひとりで、私がたてる音だけが聞こえる。そのことがもう、それだけでうれしい。

まな板の上で細葱《ねぎ》を刻んだり、スープの中に溶いた卵を入れたり、そんな作業をしながら、ぽかりと浮かびあがるように思い出した記憶があった。

空だ。

私ひとりでは十分に歩けないくらいの、赤ちゃんの頃だったのかもしれない。子連れで山登りをする人が使うようなアウトドア用の背負《しょ》い子、キャリーのようなものに入れられて、母の背中で揺られている。私と母は背中合わせになっていて、いわゆる、おんぶをされているわけではない。

顔も見えないのに、なぜ母だとわかるのかと言うと、自分の背中のほうから、聞き覚えのある母の声が聞こえたからだ。そのとき、私が見ている目の前の風景には、ビルなどの高い建物はなく、どこまでも続く草っぱらと、その上に広がる空だけが見えた。

木々が濃い影を作るような山のなかではなく、湿地のような場所だったのかもしれない。子どもの頃の写真には、父と母と私が、山とか草原とか、自然の多い場所に出かけている写真がたくさん残っている。もしかしたら、それが、父と母との共通の趣味だったのかもしれない。

木道を歩く、ぽく、ぽく、という靴音も覚えている。

私は右手の親指を口に入れて、母が歩くたびに、揺れる空を見ている。もっと視線を上げると、空の高いところを、黒い点のようにも見える一羽の黒い鳥が旋回しているのも見えた。母が背中の私に話しかける。

「陽ちゃん。ほら、これがサンカヨウ。朝露や雨を吸って、どんどん透明になるのよ」

そう言いながら、母が体を傾けて、私にその、サンカヨウを見せようとする。

「きれいね」

何度もそう言うのだが、背負い子に入っている自分には、空しか見えない。母がくり返し口にする「サンカヨウ」が何なのかもわからなかったが、母がそれを見て、心のどこかを動かされている、ということだけはわかる。

ガス台からふと顔を上げると、夕方の庭は、橙色《だいだいいろ》に染め上がっている。

静かな時間が流れていく。記憶を反芻《はんすう》する。サンカヨウってなんなんだろう。エプロンのポケットに入れていた携帯で画像を検索してみた。小さな白い花。

こんな花の絵を、母も描いていなかったかな。母の名前はもう検索履歴に入ったままで、私は手があけば、母の情報を集めていた。絵を描く人だ。時々個展を開いたり、母の絵が本の装幀《そうてい》に使われることも、ネットで調べて知っていた。プロフィールの顔写真は、あまり新しいものが出ることはなかったが、ふわりと笑ったその顔は、かなり薄くなりかけている私の母に関する記憶を上書きした。自分を産んだ母が絵を描き、社会的に認められ、活動していることがうれしかった。そうして私も、母のような仕事をしたいと、心のどこかで思っているのだった。

誰にもそんなことを言ったことはないけれど。

その夜、ベッドに入って、もうひとつの記憶が思い出された。

父はまだ帰って来ていないが、ついさっきまで聞こえていたひなたちゃんの声も聞こえない。私は夜更かしができないタイプなので、寝る時間は、ひなたちゃんとたいして変わらないのだ。

けれど、ひなたちゃんは、一度眠っても、トイレに行ったり、お水をのみたいと言ったり、夜の間にしばしば起きる。眠る前にはひとしきり、大きな声で泣く。まるで眠るのが怖いみたい。廊下から聞こえるひなたちゃんの声や、それに付き添う美子さんの声で、私も目がさめてしまうことがあるのだけれど、今日はそれもない。もしかしたら、美子さんは仕事をしているのかもしれないな、と思いながら、うとうとしているときに浮かび上がってきた記憶だった。

夜だ。

こんなに静かな夜だから思い出したのかもしれなかった。

母の背中で、サンカヨウという音を聞いたときより、私はもう少し大きくなっている。

玄関から続く廊下の照明、天井の蛍光灯が、ちかちかと、今にも切れそうになっていたことを覚えている。なぜだか廊下には父も母もいなくて、自分だけがその冷たい床に座っている。照明が消えたり灯《とも》ったりするたびに、目の前の世界が明るくなったり、暗くなったりした。そのときの時間は、朝でも夕方でもなかった。ふと顔を上げると、玄関のドアが少しだけ開いたままになっていた。そのドアの向こうが真っ黒だったから、多分、夜、それも深夜に近い時間だったのかもしれない。

誰かがそこから出て行ったのか、入ってきたのか、それとも、誰かがきちんとドアを閉めなかったのか。

その中途半端に開いたドアが、風のせいで、かすかに閉じたり、開いたりしていた。悲しいとか、せつないとか、そういう感情の色がついた光景ではない。けれど、それを思い出すたび、私の頭のなかには、なぜだか宙ぶらりん、という言葉が浮かぶ。

サンカヨウの記憶も、夜の記憶も、なぜだかモノクロで、うすぼんやりとしているのに、三歳からあとの記憶は、まるで違う世界のように、カラフルではっきりとしている。その色をつけてくれたのは、エミおばさん、だったのかもしれないと今になって思う。

エミおばさんがこの家に来たのは、私が幼稚園に通い出した三歳のときだ。

エミおばさんに手をひかれて幼稚園に行き、園庭で遊んだり、歌を歌ったり、お遊戯をして、しばらくすると、迎えに来たエミおばさんと手をつないで、家に帰った。エミおばさんが作ったおやつを食べ、夕食を食べ、お風呂《ふろ》に入り、布団に入ると、目がさめたときには朝がやってきた。

同じことをして毎日が過ぎて行った。けれど、それは、単調で退屈な日々ではなく、多分、私が生まれて初めて体験する安定した日々だった。

父とエミおばさんは二人兄妹《きょうだい》で、つまり、エミおばさんは、父の妹だ。

母がこの家からいなくなってすぐ、父は、生活をスムーズに進めるためのすべての作業——炊事、洗濯、掃除、生活にかかわるすべてのことを、誰にも頼らずに自分ひとりだけでなんとかしようとした。多分、父は、毎日の生活を滞りなく進めるために、細かな作業がどれくらい必要で、時間がかかるかということを、よくわかっていなかったのだと思う。

朝、真っ黒こげのトーストに山盛りの苺《いちご》ジャムをのせて食べさせられたり、お風呂上がりにはくパンツがなくて、洗濯かごの中からつまみ出したのをはかされたりした。それはそれで、私には楽しい出来事ではあったのだけれど、隣町に住んでいる父の母、つまり祖母は、はらはらしながら、私と父との生活を見ていたらしい。

残業も出張も多い父に、仕事と子育てを両立させた生活ができるはずもなく、私たちの生活はみるみる荒廃していった。時々会う祖母は、なんだかあんた、見るたびに痩《や》せてないかい、と、心配そうにつぶやいた。息子と孫の生活をなんとかして助けよう、そう提案したのは祖母だが、実際に私と父を助けてくれたのは、その頃、勤めていた会社が倒産し、長年つきあっていた恋人との婚約も破棄になり、実家でぶらぶらしていたエミおばさんだった。

私が生まれた頃にかなり無理なローンを組んで、父が買った庭付きのこの中古の家は、父と私の二人暮らしには広すぎた。父が、（そして母が）どんな家族の未来図を描いていたのかはわからないが、一階には、二人暮らしには広すぎるリビングダイニング、玄関脇の二部屋は父が寝室と書斎に使っていた。二階には、同じ広さの洋間が三部屋あった。母が使っていた部屋はがらんとして何も無く、油絵の具のにおいだけがいつまでも残っていた。けれど、子どもは私ひとりしかいないし、母もいなくなってしまったこの家は、やっぱり二人暮らしには広すぎるのだった。部屋のすみには、いつもほこりがたまっていて、窓ガラスは曇り、庭では雑草が伸び放題だった。

その頃、まだ二十代後半だったエミおばさんには力が有り余っていたのだろうと思う。ほこりまみれだったこの家を徹底的に掃除し、清潔にして、冷凍食品やレトルト食品ばかりつまっていた冷蔵庫の中を、新鮮な野菜や果物、牛乳で満たした。エミおばさんの洗濯する下着やタオルは、いつもいい香りがしたし、エミおばさんの作る料理のおかげで私のおなかはキューピーのように、ぽこんと膨れた。

五歳になった頃だろうか、私に家事を教えてくれたのも、エミおばさんだった。

彼女は家事が得意な女性らしい人、というよりも、極度の凝り性だったのだと思う。毎日作る料理は、家事、というよりも、実験のようだった。エミおばさんが最初に私に教えてくれたのは、茹《ゆ》で卵の作り方で、どれくらいの火で、どれくらいの時間、この鍋《なべ》で卵を茹でれば、半熟卵になるのか、固茹で卵になるのかを、まず教えてくれた。円くて、厚みのある銀色のストップウオッチをにぎりしめて。

エミおばさんが教えてくれたのは、料理や掃除だけではなかった。英国式の紅茶の淹《い》れ方、マグカップの茶渋をどうとるか、中華鍋やフライパンの手入れの方法などなど。エミおばさんが用意した踏み台の上に私を立たせ、そのひとつひとつを根気よく、丁寧に教えてくれた。

ひらがなや、数字を、エミおばさんから教えてもらった記憶などないのに。

「恋人ができた。いっしょに住むことになった」

私が小学生になると、ある日、エミおばさんはそう言って、この家を出て行った。

今のだんなさんである、その恋人との暮らしが始まると、一日おきに、家に来るようになった。私はその頃、すでに、お米をといでごはんを炊けるようになっていたし、昆布とかつおぶしでだしをとってお味噌《みそ》汁を作ることもできた。エミおばさんと、二日分のおかずを作り、父がいる日は二人で、父が仕事で遅くなる日はひとりで食べた。

私の成長とともに、エミおばさんが家にやって来るのは、週に二日になり、週に一日になった。

エミおばさんは、いつか家を出て行く人なのだから、と、父からそうくり返し聞かされていたから、心の準備はできていた。正直に言えば、エミおばさんがいなくなってしまうさびしさよりも、自分ひとりの力で父と自分との生活を切り盛りしていく、という興奮のほうが勝っていた。

私が小学五年生になったとき、エミおばさんはいっしょに住んでいた恋人と結婚をし、アメリカに行ってしまった。父との二人だけの生活が始まった。けれど、生活そのものにはなんの支障もなかった。祖母は、私と父との生活の様子を確認するように、時々、この家を訪れては、ピカピカに磨き上げられた床や窓ガラス、カビひとつない浴室、そして、私が淹れたお茶をのんで、何も言わず、ただ頷《うなず》いて帰っていった。

小学校から帰ると、私はランドセルを玄関に置いて、スーパーマーケットで買い物をし、炊飯器をセットし、おかずの下ごしらえをしてから友人たちと遊んだ。夕方になると、乾いた洗濯物を畳み、夕食を作った。父がいれば共に食べ、いなければひとりで食べる。

翌朝、起きてすぐ洗濯機をまわし、天気が良ければ庭に干して、トーストと卵料理の朝食を父と二人で食べ、それから、小学校に行った。休みの日は、掃除を集中的にした。床をぬか袋で磨き、父のスーツをクリーニングに出し、靴を磨いた。父が週末の二日間、完全に休めることは少なかったが、それでも、休みになると、父は映画館や、水族館、遊園地に私を連れて行ってくれた。

映画の仕事をしていることに関係があるのかどうかはわからないが、父は家では、テレビを観ることが、ほとんどなかった。夕食を食べたあとは、ソファで本を読むか、レコードプレイヤーで、古い音楽を聴き、私は、そのそばのダイニングテーブルで宿題をした。教科書を開くと、すぐにうとうとしてしまう。テーブルにつっぷして、寝てしまうことも多かった。しばらくすると、父の手のひらがやさしく私の頭を撫《な》で、ぼんやりしているとキッチンのほうから、食器を洗う音が聞こえてきた。それは、父が聴いている音楽よりも、私には、穏やかな音に聞こえた。

そうした日々がずっと続いていくのかと思っていた。これからもずっと。

「恋人ができた。結婚しようと思う。その人には、子どももいる。みんなでいっしょにこの家で暮らそう」

高校に合格したばかりの私に、父がそう宣言するまでは。


「うわあ、陽さん。ごめんねえええええ」

バタバタと階段を下りてくる足音がして、バタンとドアが開かれた。

美子さんがものすごい寝癖をつけたまま、ダイニングに入ってきた。テーブルには、もう、かいじゅうの、つまり、私と血のつながっていない妹、ひなたちゃんのお弁当ができている。もちろん私が作った。テレビの前にひなたちゃんが座って、小さなおにぎりをかじっている。それも、私が作った。さっきから、ずっとアニメのＤＶＤを流している。朝の支度をする私に、ひなたちゃんが何度もせがんだから。小さな子どもがテレビを観ながらごはんを食べるのはよくないんじゃないかな、と思うけれど、ひなたちゃんのお母さんである美子さんは何も言わないし、そうしておけば、ひなたちゃんはおとなしいし、私も、ひなたちゃんの相手をせずに、朝食やお弁当の準備ができる。

がちゃん、と、美子さんが食器棚から、何かを落とす音がした。ごめえええん。何をするにも美子さんは大きな音をたてるし、いろんな物を落としたり、壊したりする。

引っ張る。

「おねえたん、もいっこ」

ひなたちゃんがとことこ歩いてきて、ごはん粒のついた手で、私の制服のスカートを引っ張る。

「え、三個も食べたのに！　もうない」

そう言った途端、ひなたちゃんが泣き出した。顔を天井に向けて、大きな口を開けて。手は私のスカートを持ったままだ。ほんとうに、ちいさなかいじゅうみたい。

泣いてもいいから、そのごはん粒でべとべとした手を離してほしい。美子さんがシンクのほうで、また、何かを落とした音がする。美子さんが大きな音をたてるたび、父と二人だけの穏やかな朝は、もう私には、永遠に来ないのだろうと思った。

「うわあああああ、ひなた、幼稚園バスが来る時間だよ。早くお着替えして」

美子さんが、わんわんと泣いたままのひなたちゃんを抱き上げる。まるで荷物を抱えるように、廊下を歩いていく。

「おにぎりぃ、おにぎりぃ」と泣いているひなたちゃんの声が段々小さくなっていく。

そんなに慌てるなら、あと十分早く起きればいいのに。いじわるくそう思ってしまうけれど、美子さんが夜遅くまで仕事をしていることを知っている。私はひなたちゃんのお弁当につめたタコさんウインナーの残りを、自分のお弁当箱に入れる。もうこんな時間だ。私も早く学校に行かないと。ひなたちゃんの幼稚園は、週に三回だけ、お弁当の日がある。最初は美子さんが作っていたが、給食のない都立高校に通う私には、毎日お弁当が必要なのだ。

「一個作るのも、二個作るのも、同じだから。ひなたちゃんのも作る」

そう言うと、美子さんはほんとうにうれしそうに笑った。

「朝ごはんも、美子さん夜遅いときは私がする」

そう言うと、さらに目が細くなった。嘘がつけない人だ。顔の表情で全部がわかってしまう。そして、自分の思っていることや、感じていることを、美子さんは全力で言葉で伝えようとする。それが、最初は、少し、慣れなかった。

父も、祖母も、エミおばさんも、かすかな記憶しかない母も、私のまわりにいる大人たちは皆、静かだった。そもそも、音にする言葉の数が少ないし、言葉にした音そのものが大きくない。何かをしゃべっている時間よりは、本を読んだり、手を動かしたりする時間のほうが多かった。自分もそんな大人たちに影響されたせいか、話をするよりも、人の話を聞いている時間のほうが多い、口数の少ない人間になってしまった。

美子さんは、最初に会ったときから、よくしゃべった。

もしかしたらそれは、美子さんのしている通訳、という仕事のせいなのかもしれなかった。ハリウッドの映画俳優などが来日すると、美子さんは俳優のうしろに忍者のように立って、ずっと口を動かしている。そういう姿をテレビのワイドショーなんかで何度も見た。

「とても仕事ができる人なんだよ。ずっとひとりで子どもを育てていて」

「裏表のない正直な人だよ」

「嘘がつけないんだ。それで、損をすることも多いみたいだけれど」

私が美子さんと対面する前に、父は、ぽつりぽつりと、自分の恋人のことをそう語った。父の少ない言葉で、私は美子さんという人のことをイメージした。

私に美子さんのことを話したときには、父は美子さんとの再婚をもうすっかり心に決めていた。むしろ、その自分の気持ちが決まってから、私に美子さんの存在をあかしたのだと思う。「恋人ができた」、だから「結婚しようと思う」と他人に口出しさせないのは、父もエミおばさんも同じだった。そういうところも、兄妹《きょうだい》で似るものなのだろうか？

「はじめまして。陽さんにやっと会うことができて、私はすごくうれしいです」

中華料理屋の個室で初めて会ったとき、なんだか、中学校で習う英語の訳文みたいな挨拶《あいさつ》を美子さんはした。

美子さんは、お化粧も服装も、派手なところなんかちっともない。体は少しふっくらとしているから、その日に着ていたグレイのパンツスーツが少し窮屈そうだった。首に小さなパール一粒のネックレス。汗をかいて額に前髪が張りついているし、白いれんげを持つ手はかすかに震えているように見えた。

自分よりもずっと年上の女の人がそんなふうに緊張している姿を私は初めて見た。

私が美子さんに会うことを怖がるよりも、美子さんのほうが私に会うことを怖がっていたのではないか、そんな気がした。自分が、自分よりずっと年上の人を緊張させてしまう。そのことが、少し、怖かった。

美子さんは最初から私のことを、陽さん、と呼んだ。生まれてから、陽さん、と呼ばれたのは初めてだった。いつも陽か、陽ちゃん、だった。けれど、初めて会う美子さんにそう呼ばれても、いやな感じはしなかった。

小さなひなたちゃんは、もうすっかり父になついていた。まるで子犬が飼い主にじゃれつくように、父の背中によじ登り、眼鏡に手をかける。

「こらこら」

そう言いながら、父はちっともいやそうじゃなかった。

その姿を見てふと思った。美子さんと、ひなたちゃんと、父には、私の知らない時間があったんだな。それはいったいいつだったんだろう。私が、ひとりで家でごはんを食べている時間だったのかな。そう考えたら、口の中に入れた大好きな杏仁《あんにん》豆腐が、なんだか急に味気ないものになったような気がした。白いれんげを持った私の手を誰かがひっぱろうとする。

「おねえたん」いつの間にか、円卓の下に潜り込んでいたひなたちゃんが、私の腕をつかんでいた。三歳の女の子というのを、初めてこんなに近くで見た。

「ひなたのおねえたん」

短くて、むちっとした腕で、私のおなかのあたりをつかむ。やっぱり顔の丸いひなたちゃんは美子さんによく似ていた。テーブルの上にのったオレンジジュースのコップに手を伸ばそうとする。コップの縁を濡《ぬ》れたくちびるにつけてあげると、音をたてのんだ。

さらに小皿の上のしゅうまいに手を伸ばす。手づかみでそれを取り、中心にあるグリンピースを指でほじり、それを口に入れると、私の顔を見てひなたちゃんがにやっ、と笑った。

美子さんが、もう、ひなたはお行儀が悪い、とは言うものの、ひなたちゃんにはお行儀なんて言葉は通用しないと思った。まるで、かいじゅうみたい。それがひなたちゃんの第一印象だった。

そっか。この子が私の妹になるのか。今でもうまく説明できないのだけれど、そう思ったら、私は、なんだか、少しうれしいのだった。

「これから美子さんは少し仕事を減らしていきたいと言っているし。今まで陽がひとりでやってきたようなことは、少しずつ美子さんがやっていくから」

父の言うとおり、美子さんは今までの人前に出るような通訳の仕事よりも、家でできる翻訳の仕事を増やしていきたいらしかった。それでも、美子さんは通訳として売れっ子で、美子さんをわざわざ指名してハリウッドの俳優から仕事が来ることも多く、そういう仕事だけはなかなか断りづらいのだ、という話も父はした。

ひなたちゃんの父親は、美子さんがひなたちゃんを産んだ直後、病気でなくなったらしかった。妊娠中もずっと、だんなさんの看病に明け暮れ、そのせいで、ひなたちゃんは、一ヵ月近く早く生まれてきたらしい。今はまったくそんな様子はないが、生まれてすぐ保育器に入れられ、一時は、ひなたちゃんの命が危ないときもあったのだそうだ。

それからずっと美子さんは、ひなたちゃんをひとりで育てながら仕事をしてきた。美子さんの仕事が遅くなるようなときは、ベビーシッターさんや、美子さんのお母さんにひなたちゃんを預けていたらしい。

それまで保育園に預けられていたひなたちゃんは、この家に来てからは、夕方まで園にいられる延長保育のできる幼稚園に通うようになった。私が通っていた幼稚園だ。私が通っていた頃は、幼稚園もまだのんびりしたものだった。狭い園庭で走りまわり、お弁当を食べて帰る。ごくごく普通の幼稚園だったはずなのに、最近は、このあたりでは、いちばん人気のある幼稚園で、願書を受け付ける日には、徹夜組が出るらしい。

私が子どもの頃は、延長保育も、園バスもなかった。建物も園庭も、その頃とそう変わっていないのに、幼稚園の中身はずいぶん変わっていた。幼稚園だけでなく、この町だってずいぶん変わった。私鉄沿線のごくごく普通の町だったはずなのに、線路沿いのグラウンド跡地に低層マンションができてからというもの、なぜだかこの町は高級住宅地と呼ばれるようになった。生まれたときから住んでいるこのなんでもない町が、高級、と呼ばれることには、いつまでたっても慣れなかった。

美子さんには、時々、どうしても断れない夜までの仕事も入る。そういうときは、近所にいる保育ママさんという人にひなたちゃんを預け、仕事が終わったらひなたちゃんとともにママチャリをすっ飛ばして、この家に帰ってくるのだった。私がひなたちゃんを迎えにいってもいいんだけど、と思うこともあったが、美子さんには、まだ遠慮があるようだった。そうは言っても、父と再婚してから、美子さんは夜の仕事はほとんど断っているのだ、と、父がいつか語っていたこともある。

「幼稚園って、バスに乗って勝手に行ってくれるんだね」

美子さんはそう言ってからからと笑った。

「保育園の送り迎え、ほんとうに大変だったの。雨の日も雪の日も、暴れるひなたをママチャリにしばりつけるように乗せてね。あ、だけど、幼稚園はお弁当があるから、同じくらい大変かぁ。どっちもどっちだねぇ。とはいえ、お弁当は陽さんにお願いしちゃってるけど」

曖昧《あいまい》に頷《うなず》きながら、幼稚園と保育園がどう違うのかすら私にはわからなかった。子育てって大変そう。女の人が子どもを抱えて、仕事をしながらひとりで生きていくのは大変なことなんだろうなぁ、と思っただけだった。母が家を出て、父がたったひとりでなんとかできる、と考えたときと同じだ。具体的な大変さがわからない。

「家にいるときは、なんでもするからね。今まで陽さんがやってきたこと全部。陽さんもこれから受験もあるし、部活も学校のこともなんでも自由にしていいんだよ」

美子さんは張り切ってそう言った。

けれど、いっしょに暮らしはじめてわかったことだけれど、どうやら美子さんはあまり家事が得意ではないようだった。掃除機をかけても、なんとなく家のなかがほこりっぽい。窓ガラスにはタオルで拭《ふ》いたあとが、くっきり残っている。卵焼きは三回に一回は焦がした。Tシャツを干せば、襟ぐりからハンガーを入れるので、すぐに首まわりがゆるゆるになる。時々、美子さんが仕事で朝早く出かけたり、休日に出かけるようなときは、私が美子さんの代わりに家事を請け負った。

洗濯物は倍になり、ひなたちゃんが散らかしたり、汚したりする場所の掃除にも手間取った。それでも、美子さんのやっていることに、少しいらいらしてしまったり、そんなことを思ったりしてはいけない、という心の動きがないだけ、らくちんだった。この仕事、半分手伝ってくれない、と言われるよりも、自分で全部やってしまったほうが、私は楽な人間なのだった。

　久しぶりに今日は午後六時くらいに終わる仕事があるらしく、仕事を終えたら、保育ママさんに預けたひなたちゃんとともに帰る、という予定らしかった。

　自分ひとりだけが家にいる、という時間が私は好きなのだった。父との二人暮らしから、四人になって、それでもひとりでいられることが、自分は酸素のように必要な人間なのだなぁ、と思うのだった。

「今朝のスープの味が少し濃かった」

そう言いながら、私はペットボトルの水をこくこくとのんだ。

「美子さんが忙しくて時間もないのに一生懸命作ってくれたんだけど、ちょっと味が濃かったの」

石膏像《せっこうぞう》とイーゼルの間を、卓球のラケットを持った男子たちがすり抜けて行く。誰かの足が陸君のイーゼルを蹴飛《けと》ばし、陸君がおい、と、その背中に声をかけながら、ぎろり、と男子たちをにらんだ。男子たちは、ごめん、ごめん、と言ってはいたけれど、まるでちっとも悪いことだと思っていないみたいだった。

「陽の言ってることって、なんか、うちのおばあちゃんとおんなじ」

陸君がそう言って、くすり、と笑った。

「うちのお母さんのこと、よく、そんなふうに言ってる。おばあちゃん」

陸君は私の顔を見ないで、木炭紙に向かって手だけを小刻みに動かしている。窓から差しこむ夕日に縁どられた横顔のラインがきれいだ。部員の少ない美術部と天文部と卓球部で、共同で使っている部屋の片隅で、私と陸君は目の前にある石膏像をデッサンしていた。

「うち、同居してるじゃん。おばあちゃんと。お父さんのお母さんね」

うん、と言いながらも、私はまだ陸君の横顔を見つめていた。

「家のなかに、女の人が二人いる、というのはなんかいろいろ大変なんだよ」

陸君はまるでお芝居の台詞《せりふ》を口にするように言った。その女のなかに、自分もカウントされているのかな、と、ぼんやり考えてみる。私は、女、なのだろうか？　そう思って生きてきたことなどないのだけれど。

　陸君は中学の頃から勉強もできて、本もたくさん読んでいる。私とは何もかも違いすぎる。時々、陸君は私には理解できないようなことを言う。けれど、言われたときには陸君の言っていることがわからなくても、ある日突然、陸君の言っていたことは、こういうことだったのか、とわかることがあるのだ。私の頭の理解力のなさ、テンポの遅さに、陸君はいらいらしているんじゃないか、と思うときもある。

「家族だったら、多分、これ、塩からい、って、遠慮しないで言う、よね。普通は」

　少し困ったような顔で、陸君がやっと私のことを見ながら言った。

　私がそう言ったら、陸君の顔がますます困ったようになった。

「普通って？……」

　時々、陸君はこんな顔をする。

「あ、普通は、なんて、よくない。今の撤回」

　ごめんね、言い過ぎた。そう言いながら、陸君は手にしていた食パンをかじった。木炭を消すための食パンをぎゅっと丸めて。

「うちは最初からあんまり普通じゃないから、だいじょうぶだよ。陸君」

　そう言って、私も四角いままの、耳のついたパンをかじってはみたものの、なんだかのどがつまってしまうような気がして、私はまたペットボトルの水をのんだのだった。

「やっぱり、陽のほうがうまいなぁ……」

陸君が私の前のイーゼルを見て、小さな声で言った。まるで、なんだか、なぐさめられているみたいだった。

美術部には、今日も私と陸君しかいない。二年生に三人、一年生には、私と陸君以外に二人、部員がいるはずなのだけれど、その子たちは来たり来なかったり。私は美術しか得意なものがないから、部活といっても、入るなら美術部と決めていたけれど、なんで陸君が美術部に入ったのかは謎だった。中学校のときは、バスケットボール部にいた。しかも、陸君はかなり上手《うま》かったはず。それに、ちょっともてていた。うちの中学で行われる対外試合のときは、陸君をじっと見つめる女子だっていた。

「ドクターストップだよ。おれ、生まれつき、心臓のカタチが少しおかしかったみたい。十五歳になって病院でちゃんと見てもらうまでわからなかった。一回、手術するんだ」

いつだったか、「なんで陸君は美術部とかに入ってんの?」と、いつものドーナツショップで無邪気に聞いたみやこに、そう答えていたのを覚えている。

それは陸君の口から初めて聞いた話だった。聞いていたみんなはどう返事をしていいのかわからず、しん、と黙ってしまった。

「もういいのスポーツとかは。そんなにもう興味ないし」

ちょっと重苦しくなった雰囲気を振り払うように、陸君は言ったのだった。

「でもさ、高校入っても、運動部とかだりぃよ。うちの高校なんか、どの部もぜんぜん弱いしさぁ」

宮尾君が言った。宮尾君もサッカー部に入ってはいたが、幽霊部員のようなものだった。みやこと沙樹ちゃんは、部活そのものに興味がないようで、私とドーナツショップでだべっている日以外は、みやこは予備校に通い、沙樹ちゃんはバイトの合間に図書館で勉強をしていた。

家とか、家族とか、それぞれの事情というものがあるなぁ。特に高校に入ってから、そう感じることが多くなった。

「うちの家、貧乏だからさぁ。国公立じゃないと大学行けないんだよね」

沙樹ちゃんが、なにかの話の流れでそう言ったことがある。みやこはお母さんがすごく厳しくて、それを愚痴ることも多かった。宮尾君から家や家族の話を聞いたことはないが、なんというか、みんなのそういう話を受け止めてくれる役割をしていた。このメンバーなら、何を言っても驚かれたりしない。なんだかそんな安心感もあって、私も父が再婚したこと、新しいお母さんができたこと、三歳の血のつながらない妹がいることも、抵抗なく話すことができたのだ。

陸君の体の事情がどれほど深刻なものかはわからなかったけれど、ふだんの様子からは、それほど体の調子が悪いとも思えない。けれど、退屈な授業中、ふと窓から外を見ると、体育を見学している陸君が芝生の上に座り、文庫本を開いているのを目にすることもあった。

「もう帰ろう」

陸君が立ち上がって言った。午後五時を知らせるチャイムが響いている。

今日は、美子さんが夕食を作る、と言っていたから、私は慌てて帰る必要もない。けれど、陸君と二人だけで帰る日、私たちはドーナツショップにも寄らずに、まっすぐ帰る。部活の間に、たくさん陸君と話してしまうから、ということもあるけれど。バス停までの道をゆっくり歩いていると、うしろからちりり、と自転車のベルが聞こえてきた。道の端に体を寄せると、

「おねえたん！」という大きな声が聞こえた。美子さんとひなたちゃんの乗ったママチャリだった。


「おにいたん！」そう言いながら、ひなたちゃんがソファに座る陸君の体によじ登っている。案外、陸君もそうされるのがいやではないらしく、ひなたちゃんの相手をやさしくしている。なぜ、そういうことになってしまったのかわからないが、帰り道にばったり会った美子さんが、陸君を家に誘い、せっかくだから夕食でも、ということになってしまったのだった。

「もしよければ家に来ませんか？」

と、美子さんが言ったとき、私はあまりに驚いて黙ってしまったけれど、はい、と素直に返事をした陸君にも驚いてしまった。父と二人暮らしだったから、という理由もあ

るけれど、私は子どもの頃から、家に友だちを呼んだことがほとんどない。家事で忙しかったし、友だちの家に遊びに行っても、家の用事があるからと、みんなより先に帰るほうが多かった。

「だって、陽さんのお友だちに会えてうれしいんだもの」

食器棚から、がちゃがちゃと音をたてて、皿を出しながら、美子さんが言った。今日は手巻き寿司《ずし》にするらしい。私は寿司桶《おけ》のなかの酢飯をしゃもじでほぐし、うちわで冷ましながら、リビングにいる陸君とひなたちゃんを見た。急に誘われて、陸君は迷惑じゃなかったのかな。陸君のおうちでは、夕ごはんを用意していたんじゃないだろうか。そんな小さな心配が、私の頭のなかにぷつぷつ浮かんだけれど、ひなたちゃんと並んで笑いながら、夕方のアニメを観ている陸君を見ていたら、そんな心配はあまりしないほうがいいのかな、という気持ちにもなった。

美子さんが作ったあさりのお味噌《みそ》汁はやっぱり少し塩からかったけれど、みんなで食べる手巻き寿司はおいしかった。陸君もたくさん食べていたし、ひなたちゃんも、陸君の隣にいるだけでうれしそうだった。ごはん粒がたくさんついた手で、陸君の腕に触れようとして、美子さんに怒られていた。帰り際には、陸君がいなくなることをさびしがって、大きな口を開けて泣いた。

「また、来るからね」

泣いているひなたちゃんに陸君はそう言った。

え、そうなの、と、私は少しどきどきした。

「もう、何度でも来てくださいね」

美子さんは泣いているひなたちゃんを抱っこして、にこにこしながら言った。その言葉を聞いて、私はもっとどきどきしてしまった。

「今日は突然に、ごめんね」

駅まで陸君を送りに行って、私は前を向いたまま言った。なんとなく陸君の顔を見るのが恥ずかしかった。駅の上の空には、まるでシールを貼ったみたいな満月に近い月がぽかんと浮かんでいた。

「仲が良くていいなぁ」

陸君がひとりごとのように言った。

「そうかなぁ……」自分ではぜんぜんそんなつもりはなかったのだけれど、ちょっと心細い声が出てしまったことが恥ずかしかった。

「そうだよ。お母さん、すごいいい人」

お母さん、って誰のことだろう、と一瞬思ってしまった。陸君が、美子さんのことをお母さんと呼ぶのが不思議な気がした。私は美子さんをお母さんと呼んだことはないのだ。父に強制されたこともない。ためらいもなく陸君がそう呼んだことで、なぜだか、美子さんのことをお母さんと呼んでいない自分を、ほんの少し責められているような気持ちにもなった。

「でも、血がつながってないよ」

陸君が足をとめた。私たちの横をバスが通り過ぎていく。くらやみに、照明で照らされた車内が浮かび上がる。数人の人が乗っているが、なんだか幽霊のようにも見える。

「……そんなことはあんまり関係がないんだよ」

怒ったような声だったのでびっくりした。

陸君がそんなふうに言うのを初めて聞いたような気がした。

ごめんね。と、うつむいて言うと、ううん、そういうんじゃない、とだけ言って陸君はまた歩き出した。なんとなく、それが陸君の家のことに関係があるんじゃないかという気がした。私に話して気が楽になることなら、なんでも話してほしいなぁ、と思ったけれど、それをどうしても言えなかった。恥ずかしくて勇気がなかった。

「手術は八月の終わりにするんだ」

そっか、と言った途端に涙があふれてぼたぼた落ちた。自分でも驚くほど突然に。

今日一日、なんだかいろいろなことがありすぎたからだ。

陸君が家に来たこと、ひなたちゃんと仲良く遊んでくれたこと、美子さんをいいお母さんだと言ってくれたこと。陸君のおかげで、自分のいろいろなところがはずれて、ゆるんで、楽になったのに、私は陸君に何もしてあげられていない、と思ったからだ。

「みんなでお見舞いに行かなくちゃ」

「うん……その前に二人でどこかに行こうよ」

陸君が前を見たまま言った。私は驚いて返事もできなかった。陸君は次第に早歩きになり、振り返らないまま駅の改札口を通り抜けようとする。

「行こうね！　絶対」

私が慌ててそう叫ぶように言うと、ホームに上がって行くエスカレーターに乗ろうとした陸君が前を向いたまま右腕をあげた。


私鉄から乗りかえて地下鉄の駅で降りた。そのギャラリーは、ファッションビルやブティックが並ぶ通りから、店と店との間の細い道を入り、迷路のようになったそのずっと先にあった。思っていたよりも小さかった。多分、十人も入ればいっぱいになってしまう。ガラス張りなので、その中は丸見えだ。壁にかけられた額入りの絵。店のすみに座っている人は、このギャラリーの人だろうか。年配の髭《ひげ》だらけのおじさんが、うつむいて文庫本を読んでいた。

陸君にどこかへ出かけよう、と言われて、まず頭に浮かんだのがここだった。

母の絵が飾られているギャラリー。個展をしていることは、母のフェイスブックで知った。

「絵を見に行きたいんだけれど」と陸君には言ったものの、それが自分のほんとうの母親だ、ということはなかなか言えなかった。私は中に入るのをためらっていたが、陸君は何も言わずにドアを開けた。ドアのどこかに取り付けられた鈴のようなものが、ちりん、と音をたてる。髭のおじさんが顔を上げ、私たち二人を見て、「ゆっくり見て行ってください」と言ったので、私と陸君もぺこりと頭を下げた。

絵を一枚一枚、見た。母の絵をこれほど間近に、長い時間見つめたこともなかった。陸君が左にずれると、私も同じタイミングでずれた。髪の長い少女が数人並んで立つ姿、空や海や、植物を描いた絵を、じっと見た。何かの本の装幀《そうてい》で使われた、見覚えのある絵もある。

パソコンや携帯の画面で見ているのとは違う生々しさがあった。この絵を描いた人がほんとうにこの世に生きている。それが自分を産んだ母なのだ。

ギャラリーのいちばん奥に、いちばん小さな額が飾られていた。あ、と思いながら、じっと見た。サンカヨウの絵だった。最近買った母の画集で何度も見ていたから、それがサンカヨウを描いた絵だとすぐにわかった。その日、自分がいちばん見たい絵だった。透明な小さな花。緑の葉にのっかるように咲くその花は、日の光を受けたガラスのように光っている。その絵が、母と私をつなぐたったひとつのもののような気がした。

どういうわけだか、まるで自分が描かれているかのような、気恥ずかしさがあった。額の端っこに蛍光ピンクの付箋《ふせん》が貼られていて、小さな文字で、売約済み、と書かれていた。けれど、その付箋の色が、あまりにもその絵には不似合いのような気がした。

「君たちはどうしてここに来たの？」

いつの間にか、私たちのうしろに立っていたおじさんが急に声をあげたので、思わず、ひゃっ、と変な声が出た。

「どうぞ、ここに座って見てくださいな」

おじさんはお盆を手にしていて、その上にはガラスのコップが二個、のせられていた。私たちをギャラリーの中央にある丸椅子に座らせ、コップを手渡してくれた。

「私が、絵が好きで、それで……」

娘だから、と言えるわけがない。

「そう、こんなに若い方に見てもらったら、きっと妻も喜ぶかも」

「……奥さん」

声をあげたのは私ではなく陸君だった。

「そう、今日は、子どものことで午前中、学校に用事があってね。もうすぐここに戻ってくるとは思うけれど」

子ども……。当たり前だけど、それは私のことじゃない。ギャラリーの天井の照明が映った、グラスの中の麦茶をじっと見つめていた。そのとき、ちりん、と音がして、ドアが開いた。スーパーマーケットの茶色い紙袋を提げた小さなおばさんのような人が、中に入ってきた。短い髪の毛には、だいぶ、白いものが交じっている。黒い丈の長いワンピースを着て、真夏なのに、黒いタイツをはいていた。

「学校の面談が、ちょっと長引いちゃって……」

小さな声で、そうおじさんに声をかけて、ギャラリーの奥に入って行った。私と陸君のことも視界に入ったかどうかわからないくらいの速さで。陸君がのみ終わったコップをおじさんに渡したので、私も同じようにそうした。母らしき人は、何か奥で用事があるのか、なかなか出てこない。ここに呼んだわけでもなく、絵を買う様子もない、飛び込みで来た子どもには、あまり興味がないのかもしれない。

「ゆっくり見ていってくださいね」

私たちに気を遣って、おじさんはそう言ったのかもしれないが、もう、ギャラリーに飾ってある絵は、見終わってしまった。

「ありがとうございました」

急に立ち上がった私に驚いたように、陸君も立ち上がった。

「あ、よかったら、これ」

おじさんが私たちにポストカードのようなものを手渡してくれた。このギャラリーのなかで、いちばん小さい絵、いちばん奥に飾られているサンカヨウの絵がプリントされていた。

地下鉄の乗降口のドアにもたれかかったまま、暗い窓の外を見た。

ほんとうは、陸君とお昼ごはんを食べて帰るつもりだったのだけれど、食欲も、そんなことをする気力もなかった。陸君の体のほんとうのところはわからないが、少し、休憩してから帰ったほうがいいに違いない。そう思ったけれど、一刻も早く、そのギャラリーから離れてしまいたかった。

地下鉄の駅に歩いていく間も、地下鉄に乗っている間も、私はどうしても口を開くことができなかった。急に黙ってしまった私に陸君も、どうしていいかわからないといった感じで、私から少し離れたところに立っている。

地下鉄からつながった私鉄が地上に出て、私は目をしばたたかせた。乗換駅で、電車が来るのを待った。急行電車がやってきた。陸君は急行でひとつめの駅だから、それに乗ればすぐに帰ることができるのに、その電車には乗らずに、各駅停車の電車に乗った。私の最寄り駅は各駅停車しか停まらない。気を、遣ってくれたのかもしれなかった。

車内はいかにも夏休みらしい風景が広がっていた。ふだんより家族連れが多いような気がした。腕を組んで居眠りをするショートパンツをはいたお父さんと、ひなたちゃんくらいの子どもを抱いたお母さん。少し離れた席に目をやると、幌《ほろ》を深くかぶせたベビーカーから、赤ちゃんのむちっとした足が見える。寝ているせいか、ちっとも動かないけれど。この電車は、遊園地にも水族館にも、海にもつながっている。お昼過ぎの今、これからそこに行くのか、それとも帰る途中だろうか。

「今度、もっと大きな美術館に行こう。いろんな人の絵が見られるような」

隣に座った陸君がそう言った。陸君と出かけるのは、今日だけなのか、と思っていたから、陸君がまた、私と出かけようと思ってくれていることがうれしかった。けれど、やはり、さっきのギャラリーに行かなければ、もう少し心は弾んでいたかもしれない。

私はさっきのおじさんがくれたポストカードを手にしていた。サンカヨウの絵を私は見た。何度も見ていた花なのに、まるで初めて見たような気がした。

陸君が電車を降りる。またね、と笑おうとしたけれど、うまく笑えない。それでも、陸君は、またね、と私に手を振ってくれた。


「おねえたんもプールする？」

家に帰ると、庭のほうから声がした。ビニールプールを出して、ピンクのビキニを着て、麦わら帽子をかぶったひなたちゃんが私に声をかけた。手にした象さんの形をしたじょうろを振りまわしている。

「あらぁ、早かったのねぇ。陸君もうちで夕ごはん食べないかな、って、今、陽さんの携帯にメールしようとしていたの。アイスコーヒーここでのまない？」

プールのそばにしゃがんでいた美子さんが声をあげ、手招きをした。最近は仕事が忙しいのか、日曜日でもめったに家にいない父も、日陰に出した折り畳み椅子に寝そべり、顔だけをこちらに向けて、お帰り、と言った。

美子さんが座っているビニールシートの端っこに座って、美子さんが注いでくれたアイスコーヒーをのんだ。美子さんは料理はいまいちだけれど、コーヒーを淹《い》れるのはとても上手だった。

「陸君と楽しかった？」

美子さんは、あの日から、陸君、陸君と何度も口にする。

今朝、家を出て行くときだって、美子さんのほうがはしゃいでいたくらいだった。

うん、と言って、コーヒーを一口のむ。苦みが口のなかに広がる。

「おねえたん、見てー」

と言いながら、象さんの形をしたじょうろから、水を注いで、大きな声をあげる。

ぽこんと丸いおなかがかわいいな、と思いながらも、ひなたちゃんと、美子さんと、父を順番に見て、電車の中にいた親子連れを思い出していた。なんだかそれをうらやましく思ってしまった自分を少し恥じたのだ。母が出て行ってからというもの、いつも出かけるのは父と二人だった。欠けている、とは、どうしても思いたくなかったけれど、私の家は普通とは違うんだ、という思いを、今まで何度ものみ下していたからだ。

かわいいビキニを着たひなたちゃんは三歳だ。エミおばさんがここに来たときの私の年齢。ひなたちゃんの記憶は、多分、もう、このあたりから始まって、お父さんとお母さんのそろった子どもとして生きていくのだなぁ、と思った。

ビニールプールの水が太陽を反射してまぶしい。目を細めながら、今日ギャラリーで見た母の姿を思い出していた。私に視線を向けなかったな。そう思うと、コーヒーが余計に苦く感じる。

「ごちそうさま」そう言いながら、グラスを持って、家の中に入った。

ふ、とため息をつきながら、一階の洗面所で手を丁寧に洗い、うがいをする。それから、二階の自分の部屋に上がった。ドアを開けた途端、あっ、と声が出た。本棚の一段目の本が床の上に散乱している。お小遣いを貯めて買った画集や写真集を入れてあった場所。本は開いたままで、ページは折れ、紙がちぎれているところもある。母の画集もあった。どうやって破ったのだろうと思うけれど、びりびりに破られているページが何箇所もあった。

階段を下りて、何もはかずに庭に出た。

「おねえたん！」と笑いかけた、ひなたちゃんの体を、

「ばか！」と言って押した。胸のあたり。手加減したつもりだったが、ひなたちゃんはプールの中にびちゃんと尻餅《しりもち》をついて、うわ―――ん、と泣き出した。

「おい、いきなり、どうしたんだ」

父が立ち上がり、近づいてきた。言いつけるように父に叫んだ。

「ひなたちゃんが、ひなたが、ひなたが、私の本をめちゃくちゃにしたあああ」

泣いている私もひなたちゃんと同じようなものだった。ひなたちゃんを、ひなたと呼び捨てにしたのも初めてだった。美子さんは、はっ、とした顔をして立ち上がり、まるで野兎のように家の中に駆け込んだ。ばたばたと階段を上がっていく音がする。やっぱり、こんなときでも美子さんのたてる音は大きい。

父が抱き上げたのは、プールの中のひなたちゃんだった。それも悲しくて、私は泣いた。さっきと同じような足音をたてて階段を下り、美子さんがものすごい顔をして、ひなたちゃんに近づいた。

「ひなた！　おねえちゃんの部屋に勝手に入ってはだめだと言ったでしょ！　大事な本をあんなにして」言い終わらない瞬間に、父の腕のなかのひなたちゃんを奪うようにして抱き上げ、水着のおしりをぴたーんとたたいた。ひなたちゃんをたたいた美子さんを見たのは、それが初めてだった。父も、美子さんの勢いに驚いたのか、口をぽかんと開けて二人を見ている。ひなたちゃんは、鼻水を出し、よだれも垂らして、泣いた。ちいさなかいじゅうが叫んでいる。それでも容赦せず、美子さんはひなたちゃんのおしりを何度もたたいた。それを見ていたら、なぜだか自分だけがわがままを言っているような気分になり、

「もう、いい。もう、いいよ」

そう言いながら私は家に入り、階段を駆け上がり、自分の部屋のドアをばたーんと閉めた。ベッドに倒れ込み、腕だけを伸ばして、バッグの中から、ギャラリーでもらってきたサンカヨウのポストカードを取り出した。そうするつもりはなかったのだけれど、涙が自然にあふれて、私は声を殺して泣いていた。ずっと。

いつのまにか見ていた夢は、父と二人で暮らしていたときのことだった。父が古いレコードをかけて、私はダイニングのテーブルで宿題をしているうちにうとうとしてしまう。自分の頭を撫《な》でるあたたかくて大きな手。そんな記憶もいつか上書きされて、時間がたったら忘れてしまうのかな。でも、ほんとうにあたたかい手だ、と思っているうちにゆっくりと目がさめた。

父がベッドのそばにしゃがんで、私を見下ろしていた。私が目をさましたことで、どこか安心したような顔をしている。父が床に落ちていた何かを拾った。サンカヨウのポストカード。裏の絵を見て、表の文字を読んだ。

「今日、行ったのか？」

うん、と声に出さずに頷《うなず》いた。

「佐千代《さちよ》さんは、そこにいた？」

うん。父は、お母さん、とは言わなかった。

「陽のこと、気づいていた？」

ううん、と頭を振った。

「三歳から会ってないんだ。無理もないよ。陽は年齢より、ずっと大人みたいに見えることもあるし……」

父は立ち上がり、窓を大きく開けて言った。

「大人みたいにならないと、いけなくしてしまったのかも、ぼくが」

どこの家だろう。ものすごく下手なピアノの音が聞こえてくる。宮崎駿《みやざきはやお》の映画のテーマ曲だけど、タイトルが浮かばないくらい下手だ。あ、ラピュタかな。ひとさし指で、ひとつ、ひとつ、鍵盤《けんばん》を押さえているようなぎこちなさ。ゆっくりベッドの上で体を起こすと、頭がずきん、とした。泣きながら寝たせいだ。

「ちゃんと話したことはなかったね。あのとき陽はまだ三歳だったから、大きくなってから話そうと思っているうちに、すっかり大人になってしまった」

窓際に立つ父のひじに目がいった。皺《しわ》ができて、皮膚がたるんでいるように見える。父だって、私が気づかないまま、ずいぶん歳をとった。

「話をしてもだいじょうぶかな？」

うん。

「佐千代さんはずっとずっと一日中絵が描きたかった。けれど、陽のことも愛していた。これは、陽を傷つけたくなくて嘘を言ってるわけじゃないけど、陽が憎くて、この家を出たわけじゃないんだ。それはほんとう。佐千代さんは陽を愛していたし、きちんと世話もしていた。……ぼくと、佐千代さんが、うまくいかなかった。女の人が仕事をすることとか、ぼくが家事をあんまり手伝わなかったこととか、そういうことを、ものすごくまじめに、ずっと佐千代さんと話し続けていた。若いぼくたちは、ものすごくまじめに」

ものすごくまじめに。最後の言葉を父は二度口にした。

「でも、そこで、決定的に、ぼくと佐千代さんとの間で何かが損なわれたんだ。ほんとうはそんなこと突き詰めないで、ぼんやりとさせたまま、二人の関係を、家族を続けていけばよかったのかもしれない。けれど、どちらが、どれだけ悪いか、ということを、ぼくたちははっきりさせすぎた。夫婦で、家族で、どちらが、どれだけ悪いか、なんて今になって思えばだけれど、そんな追及に答えはないんだ。ぼくたちは、ねじをしめすぎて、動かなくなったモーターみたいになった。スイッチを入れても、うん、とも、すん、とも言わない。耐えきれなくなって、ころん、と外れた最初のねじが、佐千代さんだっただけだ。だから、この家を彼女は出た」

「私をおいて？」

「結果的にそうなってしまった」

「私のことを愛していたのに？」

「そうせざるをえなかった。あのときの彼女は」

ラピュタのテーマが調子づいてきた。でも、まだ、ふらふら。補助輪を外したばかりの自転車みたい。

「まったくわからない」

父が私の顔を見る。

「子どもを愛してるのに、子どもをおいて、家を出てしまうことなんて、あるの？　大人には」

父は黙る。けれど、考えに考えて口を開く。

「……ぼくにはわからない。あの日から、ずっと考えてきたけれど。ぼくが何を言っても、陽にとっては言い訳みたいに聞こえるだろうし、いちばん迷惑をかけたのは陽になんだ。それはほんとうに申し訳のないことだと思っている」

「大人は、自分が産んだ子どもの顔を忘れてしまうこともあるの？　お母さん、私の顔を見なかった。見なかったよ」

父はまた、しばらくの間黙ったまま、サンカヨウの描かれたポストカードを、ベッドサイドの円いテーブルの上に置いた。

「陽が会いたいなら、そうすることもできるんだ。そうしたいかい？」

長い間、考えてみたが、よくわからなかった。

「陽が望むなら、それもできる。今すぐ答えを出さなくていいんだから。でも覚えておいて。佐千代さんに、娘として会うこともできるんだ陽は」

うん。と頷いた私の頭を父の大きな手が撫でた。

「美子さんと、ひなたちゃんとの暮らしはどう？」

それが、父が今、いちばん聞きたいことなんじゃないか、という気がした。

「……何も問題はないよ」

「ほんとうに？」

「うん」

「陽をずいぶん早く大人にさせてしまったなぁ……」

父が私の顔をのぞきこんだ。ひじだけでなく、近くで見る父の顔もずいぶん老けたような気がする。こんなに皺があったかなぁ。

「陽と、美子さんと、ひなたちゃんとぼくとで、暮らしていきたいんだ」

部屋を出て行く前に父はそう言った。

それは、ふだんは言葉が少ない父の、力強い宣言のようにも聞こえた。

その日の夕食は、美子さんがずいぶんがんばったみたいだった。パエリア、ガスパチョ、子羊のクリーム煮、アスパラガスのサラダ、ひなたちゃんのために、小さなミートボールを煮こんだトマトスパゲッティ。美子さんはテーブルいっぱいに料理を並べた。父は家にいるときにはめったにのむことはないのだが、その日はふたつのワイングラスがテーブルに並んでいた。美子さんのグラスにワインを注ぐときの父は、なんだかとてもおだやかな顔をしていた。ひなたちゃんはフォークが上手に使えなくて、手でミートボールをつかみ、口に運ぶ。そのべたべたした手で、「おねえたーん」と言いながら、私の腕をつかもうとする。

体をよじらせながら、

「なーに」と答えると、大きな口を開けて、笑う。ひなたちゃんの口の中が見えて、思わず目を逸《そ》らしてしまう。

「さっきはごめんね」とあやまったものの、ひなたちゃんはもうさっきのことなど忘れているのか、

「おねえたん、ごはん、おいしいね」としか、言わない。

夕食が終わると、父は時間をかけて一枚のレコードを選び、ターンテーブルにのせて針を落とした。父と二人で暮らしていたときに、よく父がかけていた曲だ。ジャズみた

いな、黒人の女の人のゆっくりとしたボーカル。誰が歌っているのかも、曲のタイトルもしらない。けれど、私はその曲が大好きだった。それを、美子さんと、ひなたちゃんと、父で、聴いていることが不思議な気がした。

久しぶりに四人で過ごす夜は、ゆっくり過ぎていった。私はソファでひなたちゃんとDVDを観ているうちに、いつの間にか眠ってしまったようだった。

私に寄りかかるように眠っているひなたちゃんの肌は、まるで両生類みたいに汗でしっとりとしている。ひなたちゃんの体を自分の体からそっと離し、ソファに横にした。うしろを振り返ると、美子さんがテーブルの上に本を積み重ねてなにかしている。仕事だろうか。書斎にいるのか、浴室にいるのか、父はそこにはいなかった。

「ひなたのそばで寝てると汗まみれになるでしょう、暑くて。子どもは体温が高いけどひなたは特に高いような気がするわ」

私が近づくと、美子さんが顔を上げて笑った。美子さんの横にあるのは、ひなたちゃんが私の部屋に入っていたずらをした本だった。セロハンテープを細かく切って破れたページを貼り合わせ、ひなたちゃんがちぎってしまった部分をパズルのピースを合わせるようにつなげていた。

「ごめんねぇ、ほんとうにひなたがばかで。私も不器用だから、うまく直せるかどうかわからないいんだけど……」

そう言いながら、貼り合わせた部分を指でなぞる。ネイルも何もしていない手。手の甲は筋張っていて、すべすべではない。ずっと働いて、年齢を重ねてきた手。さっき、窓のそばで見た父のひじのように、生まれてから、長い時間がたった人の体の一部だった。そういう二人が出会い、暮らしていくことの不思議を思う。

「この花、きれいねぇ……」

美子さんが一枚の絵を指さした。サンカヨウの花だ。元の白い花ではなく、朝露や雨を受けて、段々に透明になっていった花。

「……それね、母が、描いたの……」

そうなの、と顔を上げ、私の顔を見てちょっと驚いたような顔をしたあとに、そのページにまた視線を落とす。

「陽さんのお母さんは、素敵な絵を描く方なんだねぇ」

美子さんの言葉に胸がきゅっとつまる。

父が美子さんを好きになったわけが、少しわかったような気がした。

美子さんのことを全部知ったわけではないけれど、もっともっと透明になりたいと私は強く思った。美子さんのように。もっともっと透明で、強い女の人に。

「ありがとう……」

そう言うのが、やっとだった。

八月の終わりに手術を控えた陸君と、その一週間前にまた会うことになった。

美術館の帰りには、家に寄ってごはんを食べていってね。そう美子さんが提案して、うちで食事をする予定だった。

父は、「また、陸とかよ」と、朝から露骨に不機嫌だったが、初めて見るそんな父の姿もうれしいのだった。陸君は家まで迎えに来てくれた。父は家のどこかにいるはずなのに、陸君の前に顔を見せなかった。陸君を見たひなたちゃんは興奮してしまい、陸君の足をつかんではなさない。

「ひなたもいく、ひなたもいくの――」

絶叫するように泣くひなたちゃんを、美子さんが陸君の足からはがして、抱きかかえる。

「陸君も、陽さんも帰ってくるんだからここに。ひなたとみんなでごはん食べるのよ」

そう言っても小さなひなたちゃんにはわからない。

「いってきます」

「うん、楽しんでおいでね」

そんな会話もひなたちゃんの泣き声でかき消されてしまう。

私と陸君は駅を目指す。今日も暑い一日になりそうだった。

でも、もし、ひなたちゃんが大きくなって、美子さんに抱きかかえられながら見送った陸君と私のことを、いつか思い出してくれたら、すごく、すごく、うれしいような気がした。ひなたちゃんの記憶のなかで、私はずっと生きていける。

小さくなるひなたちゃんと美子さん、小さくなっていくひなたちゃんの泣き声に振り返って言った。

「いってきます、お母さん」

でも、その声は隣にいる陸君にしか聞こえなかったと思う。

ノーチェ・ブエナのポインセチア

手術の最中、僕はふたつの夢を見ていた。

ひとつは、中学時代のバスケットボール部の練習試合だった。きゅっ、きゅっ、と蒸し暑い体育館にシューズのたてる音だけが響く。皆が息をとめて、試合の行く末を見守っている。汗をかいた手のひらに吸い付くようなバスケットボールをドリブルしながら、相手のディフェンスをかわし、遠くにいるチームメートにパス。僕はゴール下まで全速力でダッシュする。再びパスされたボールをジャンプしてゴール。どよめくような歓声がわく。チームメートが駆け寄り、僕の肩や背中を乱暴に叩《たた》く。

次に出てきたのは僕の部屋の壁に貼ってある世界地図だった。父さんが仕事で出かけた場所に赤い丸をつけていた。ソウル、上海《シャンハイ》、台北《タイペイ》、バンコク、ニューデリー、ロサンゼルス、ニューヨーク、ロンドン……。数え切れないくらいたくさんの都市。僕が行ったことのない街。

バスケットボールの選手にはなれなくても、大人になったら父さんのように海外を飛び回る仕事をしたいと思っていた。けれど、今の僕の体ではどちらも無理かもしれない。

十五歳の夏休み、手術台の上にいる僕には。

「陸《りく》くーん、手術、無事に終わったからね」

医師の呼びかけに僕は頷《うなず》くこともできない。麻酔で体も頭もまだ朦朧《もうろう》としている。とにかく自分の命がまだあることにほっとして目を閉じると、手術台に体が沈みこんでいくような眠気が僕を襲った。

心臓にトラブルが見つかったのは、高校受験前に受けた健康診断がきっかけだった。ほんの少し心音に雑音が混じっていて、大きな病院で再検査を受けた。そこでわかったことは、僕の心臓のカタチは生まれつき人とは違っている、ということだった。今はなんでもないけれど、成長するにつれ大きなトラブルが起こるかもしれないね。医師からそう言われ、高校に入ってから手術を受けるようにすすめられた。五時間もかかるような大手術だった。手術そのものはそれほど怖いわけではなかった。けれど、僕を失望させたのは、手術を受けても今までのように激しい運動はできない、という医師の言葉だ。軌道修正。それを聞いてそんな言葉が頭に浮かんだけれど、思い描いていた未来をすぐに描きかえられるほど、僕は器用でも多才でもない。

手術室を出ると、母さんとおばあちゃんが駆け寄ってきた。二人とも今にも泣きそうな顔をしている。その後ろに陽《よう》が隠れるように立っていた。くちびるをぎゅっと嚙《か》んでいる。僕が視線を向けると、陽は、うん、うん、と二回頷いた。父さんは仕事で来られないのはわかっていたけれど、女の人ばかりに囲まれて心配されている自分が少し恥ずかしかった。父さんのでかい手のひらを握ってみたかった。今、いちばん会いたいのは父さんだと思った。こんなときくらい、わがまま言ってもいいだろう。

一週間の安静期間を過ぎて、入院中の病室には学校の友だちが代わる代わる来てくれた。二学期はすでに始まっていた。宮尾《みやお》君、沙樹《さき》ちゃん、みやこ、そして陽。いつもだべっているドーナツショップのように、皆それぞれが勝手な話をして、おばあちゃんが持ってきた果物や菓子などを食べ散らかしていく。いつもと変わらないみんなの元気さがうれしかったけれど、僕はその元気さをうらやましくも思った。みんなの心臓は生まれたときから頑丈でいいなぁ。口には絶対に出さないけれど、心からそう思った。

「あたし、お母さんに叱られちゃうからそろそろ帰るわー。陽はまだ大丈夫だよね？」

ある日、みやこと陽が二人で病室に来ていたとき、みやこが急に言った。

「まぁゆっくり話しなよ、二人でね！」

みやこはカステラを慌てて口に入れ、にやにやしながら帰っていった。

「みやこは、もう……」

陽はさっきまでみやこが座っていた丸椅子に座った。僕の枕元にいちばん近い椅子に。

陽が僕の顔をのぞきこむ。

「苦しくない？」

「ぜんぜん、どこも。だいじょうぶ」

「そっかぁ、よかった……」

それだけ言うと、陽は口をつぐみ、みんなが食べ散らかしたカステラの包装紙を膝《ひざ》の上で小さく畳んでいる。

「うちのお母さんも陸君のことすっごく心配してて……ひなたもね、おにいたんのところ行くってきかなかったの。だけど、みんなで行ったら迷惑だよって。今日も大変だったんだよ。ひなた、わがままだから。泣きわめいて」

陽はもう自分の新しいお母さんのことを美子《よしこ》さんと呼ばない。血のつながらない妹も、いつのまにか、ちゃん、がとれて、ひなたになった。夏休みに二人で画廊に出かける前はそうじゃなかった。

「陽の家は……」

うん？　という顔で陽が僕を見る。

「ちゃんと家族だなぁ……」

僕が天井を見ながらそう言うと、陽はしばらくの間黙り、ようやく口を開いた。

「みんなでそう決めたの。……だって、せっかく、いっしょにいるんだし……」

今度は僕が黙る番だった。そうか、家族って、みんなでそう決めないとなれないのか。

黙っている僕の顔を陽が怪訝《けげん》そうな表情で見ている。

「陸君？……」

「なんか僕、今、ちょっと目からうろこが落ちたかも」

「……陸君はすぐそうやって私を馬鹿にするよね。頭がいいから」

陽は怒ったような顔をして、ぷいと横を向いた。

「違う違う」と返事をしたのに、陽は子どものように頰を膨らませている。血はつながっていないはずなのに、その顔はなぜだかひなたちゃんに似ているような気がした。

「冷蔵庫にプリン入ってるから食べなよ」

そう言うと、陽は怒りながらも、うん、と頷き、僕の枕元でプラスチックケースに入ったプリンにスプーンをさした。

「また、明日《あした》も来るね」

プリンを食べて機嫌も直ったのか、陽は立ち上がり、足元に置いていたトートバッグを肩にかけ、ベッドを仕切っていたカーテンを開ける。

「陽……」ん？　という顔で陽が振り返る。

「手術のときにいてくれてありがとうね」

うんうんと二回、陽は頷くと、にこりと微笑んでカーテンを閉め、病室を出ていった。


「消灯時間よ」

部屋に入ってきた看護師さんに言われて枕元のライトを消した。

手術をするとき、麻酔をかけられて意識が薄くなっていくとき、ほんとうのことを言えばすっごく怖かった。もし、このまま目覚めなかったら。だから、今でも、眠る前は少し怖い。楽しいことを考えようとするのだけれど、そのほとんどは手術のときに見た夢のような、心臓の病気がわかる前の僕の記憶で、それを辿《たど》っていっても未来につながらないような気がして恐ろしくなるのだ。心臓にトラブルがあると聞かされたとき、それが怖いことだなんて思わなかった。けれど、それが、なんでもできるという僕の可能性がぷちん、と泡が弾《はじ》けるようにつぶれていくことだと気がついたのは、手術後のベッドの上だった。

　病院のベッドで僕は夢をよく見た。なぜだか子どもの頃のことを。未来のことを考えられないから、過去のことを夢に見るのだろうか。

　いつだったか、いつものドーナツショップに行ったとき、

「自分のさ、いちばん古い記憶って覚えてる？」とみんなに聞いたことがある。

　そのとき読んでいた本にそんな一節があったのだ。みやこや、宮尾君や、沙樹ちゃんがそれぞれ何か言ったような気がするけれど、陽がなにも言わなかったことだけははっきり覚えている。僕のいちばん古い記憶は、おばあちゃんに手を引かれ、父さんのサンダルを履いて、庭を歩いているところだ。二歳か、三歳くらいだろうか。父さんのサンダルはひどく大きくて、足をひきずるようにして歩いたことを覚えている。そのとき、母さんはどこにいたんだろう？　父さんは？　僕は子どもの頃から、おばあちゃんに可愛がられていた。父さんはおばあちゃんの最愛の一人息子で、孫は僕一人。そして、父さんと同じ一人っ子の僕。同居しているおばあちゃんは、いつも僕のそばにいて、僕のことを心配し続けている。それがおばあちゃんの僕への愛情の示し方だった。

商社に勤める父さんは、いつも海外を飛び回っていて、家にいないことが多かった。今はロンドンにいて、もう半年以上この家に帰ってきていない。父さんに向けられるはずのおばあちゃんの愛情もすべて僕に向けられた。母さんだって僕のことを可愛がってくれた。けれど、そのふたつが同時に向けられたとき、おばあちゃんと母さんの間で、ちょっとした（時には大きな）衝突が生まれることも多かった。

「寒いから下着をもう一枚着なさい」というおばあちゃんと、

「子どもは風の子。ちょっとくらい寒いほうが体も丈夫になるの」という母さん。

「嫌いなものなら無理して食べなくてもいい」というおばあちゃんと、

「好き嫌いなくなんでも食べなさい」という母さん。

うちには母さんが二人いるみたいだった。ふたつの違う意見を同時には聞けない。今よりもっと子どもだった僕は自分に都合のいい意見ばかり聞こうとして、おばあちゃんの意見に従ってしまうことが多かった。そうすることで、母さんの立場が弱くなってしまうことなど、まるで気づかずに。

手術が終わったときには、母さんとおばあちゃん、二人揃っていたが、入院中は二人が連れ立ってやってくることはない。おばあちゃんはお菓子やジュースを買いこんできては僕の枕元に置き、おばあちゃんより遅くやってくる母さんは、おばあちゃんが買ってきたものを見て、僕が気づかないほどのため息をついた。

入院して家を離れて、そんな自分の家のバランスについて考えることが多くなった。

正直なところ、家を離れて、ほっとしている自分に気づくこともあった。

僕の心臓のカタチがほかの人と違っていたことがわかったとき、おばあちゃんは大きな声で母さんを責めた。

「どうしてそんなに大事なことに今まで気づかなかったの」

母さんはおばあちゃんに言われるまま、黙って俯《うつむ》いていた。僕はその病気がわかるまで、走り回っていたし、バスケットボールの試合にも出ていたし、子どもの頃から病気がちだったわけでもない。検査をして初めてわかったことだ。母さんのせいではない。今までそんなふうにおばあちゃんが母さんを責めたことはなかった。けれど、僕の病気は、おばあちゃんが母さんを責める大きな理由になってしまった。それを考えると、僕は憂鬱《ゆううつ》になる。あと一週間で退院して、僕は家に戻る。その日が来ることがほんの少し、怖いような気もした。


家はその家族をあらわしているのかもしれない、と思うことがある。

たとえば、陽の家は広い庭のある二階建てで、陽は最初、そこにお父さんと二人で住んでいた。陽と二人になってもその家を離れなかったということは、いつか、陽の新しいお母さんになる美子さんと、新しい妹になるひなたちゃんがやってくることを予想していたのかもしれないと思う。

僕も何度か陽の家に行ったことがあるが、陽の言葉を借りれば、あまり家事が得意ではない美子さんがいる家の中はきちんと片付いているとはいえない。リビングには、ひなたちゃんのおもちゃや絵本が散乱しているときもある。けれど、僕は陽の家が好きだった。僕の家と違って風が通っているという気がした。風とおしのいい家族だと思った。

そんなことを考えていると、ぼくと母さんとおばあちゃんを乗せたタクシーが僕の家の前についた。古びてはいるけれど、コケラ葺《ぶ》きの屋根が載せられた門、長い、長い塀。門をくぐると鯉の泳ぐ池、左右に枝を伸ばした松の木が見える。庭は落ち葉一枚ないほど、綺麗《きれい》に掃き清められていた。うちにはお手伝いさんなどいない。今日、母さんが掃いたのだろう。二階建ての和風建築。母さんとおばあちゃんと僕だけで住むには広すぎる。母さんはこの広すぎる家を毎日清潔に保ち、僕とおばあちゃんのために食事を作り、日々を過ごしていた。母さんが家事に時間を割かれている間、一人っ子の僕と遊んでくれたり、面倒をみてくれたりしたのはおばあちゃんだ。けれど、夜になると、母さんは自分の布団に僕を寝かせ、絶対におばあちゃんの部屋では寝かせなかった。

小さな僕はやじろべえのように、二人の間を揺れていた。

「陸、疲れただろう。部屋に布団敷いてあるから、すぐに横になりなさい」

おばあちゃんはそう言って僕の腕をつかみ、二階へ行くように言う。

「大丈夫だから僕……」

「だけど、無理したらいけないよ。体はまだ本調子じゃないだろうから。今日だけでも寝て過ごしなさい」

おばあちゃんが何度も言うので、僕は二階に上がった。自分の部屋の襖《ふすま》を開ける。まるで旅館のように、部屋の真ん中に布団が敷かれていた。おばあちゃんはいつの間にか自分の後ろに立っている。仕方なく、僕は靴下だけを脱いで布団に入った。

「用心しないといけない」

おばあちゃんはそう言いながら、タオルケットを肩のところで押さえつけ、僕がおとなしく寝ているのを見届けて部屋を出ていった。階段を下りるおばあちゃんの足音が聞こえなくなると、僕は布団から出た。病院の先生にだって、運動以外は普通に過ごしていいと言われたのだ。やっと寝ているだけの生活から抜け出せたのに。そう思いながら僕は立ち上がり、窓の外を見た。池がある庭のほうではなく、裏庭のほう。物干し台があるほうだ。母さんが物干し竿《ざお》からたくさんの洗濯物を外し、腕の中に抱えている。夕方にはまだ早い暑い午後。真っ赤な顔をした母さんはまぶしそうに手のひらをかざし太陽の光に目を細める。

ふと顔を上げたときに気づいたのか、母さんが僕のほうを見た。僕に手を振る。手のひらを重ね、頬の下に置いて、目を閉じるポーズをする。ゆっくり口を動かしているがなんと言っているのかわからない。ね、て、な、く、ちゃ。と言っているような気もする。僕は首を振る。母さんが額の横に、左右の人さし指を立て口をとがらせている。おばあちゃんが怒るよ、という意味だろうか。僕が笑いながら首を振ると、怒ったような顔をしたあとに、弾けたような笑顔を見せた。笑っているのに、なんで母さんを見て、せつない気持ちになるのか、僕にはわからなかった。

「よう！　陸！」

「もう、よくなったのかよ」

僕の二学期は二週間遅れで始まった。教室に入っていくとみんながそれぞれに声をかけてくれる。夏休み前と同じ風景、同じ友だち。何も変わらない風景がそこにあることがうれしかった。仲の良いグループの宮尾君と沙樹ちゃんだけは同じクラスだが、二人は僕に近づいてこようとはせず、僕の姿を見つけると、おっ、という顔で手を上げた。学校に行ったり、椅子に座って授業を受けたりしている分には何も問題はない。ただし、走ったりする激しい運動は禁止。体育は見学だ。学校を卒業しても同じ。僕は心臓のことを死ぬまで気にかけて過ごしていかなければならない。初日からあった体育の授業を、僕は体育館の隅で折り畳みの椅子に座って見ていた。男子はバスケットボール。僕が所属していた中学時代の激しい部活のようではなく、皆、なんとなく、ちんたらとボールをドリブルしたり、パスしたりしている。その様子をぼんやりと眺めていた。体のことを気にしないで自由に動けるなら、もっと激しく動いたっていいのになぁ、と思いながら。

放課後は部活に出た。部員もそれほどいない美術部。天文部と卓球部でひとつの教室を使っている。部室に入っていくと、陽がキャンバスに向かって絵筆を走らせている。

陽は僕の顔を見ると、

「陸君……」とうれしそうに笑い、再びキャンバスに顔を向けた。僕は陽が描いている絵を見た。くしゃっとした布の上に置かれた果物や花瓶に挿された花の絵だ。一学期に描いていたデッサンはもうとっくに描き終えて、陽はこの油絵を描いている。美術のことなんかまるでわからない僕が見ても陽の絵はうまかった。

僕は夏休み前まで描いていた石膏《せっこう》デッサンの続きを描こうと思った。木炭紙をイーゼルに立てかけて、椅子に座り、目の前の石膏像を見つめる。消しゴム代わりの食パンを手のひらのなかでぎゅっと丸めながら、集中しようとするが、そうすることが難しかった。僕は立ち上がり、陽の後ろに立って絵を眺めた。

「なんかずいぶん上手になった気がする……」正直にそう言った。

「そんなことないよ」陽は振り返って言った。

「そんなことあるよ」自分の声にちょっと棘《とげ》があるかも、と言いながら思った。

「そうかなぁ……」

陽はうれしそうな、けれど、それを隠すような複雑な声で返事をした。

陽は多分、絵やイラストを描く大人になるんだろう。陽の未来はまっすぐそこに向かって伸びている。そう思うと、じゃあ、自分は？　という問いが生まれる。僕なんか絵で食べていくことは到底できないだろう。それなら僕は何をする大人になるんだろう？父さんのように海外の街を飛び回って仕事をする、というのも多分無理だ。では、何に？　僕は何になるんだろう？

「陽、今日は僕、もう帰るよ」

「え。陸君、体の調子悪いの？」

「ううん、そんなんじゃないけど。久しぶりに学校来てちょっと疲れちゃった」

「おうちまで送っていこうか？」

「だいじょぶだいじょぶ。陽は絵の続きを描いて」

僕は鞄《かばん》を持ち、部室を後にした。背中に陽の視線を感じながら。

「気をつけてね！」陽が僕に向かって大きな声で叫ぶように言った。

駅までのアーケードは夕方の活気にあふれていた。学生、サラリーマン、小さな子どもを連れた若い母親。すれ違う人たちの顔を見ながら、僕はぼんやりと歩いていた。皆、一日の疲れを抱えているせいなのか、歩くスピードはのんびりしている。僕はそんな人たちのペースになぜだかいらいらして、アーケードから脇道に外れ、街道沿いの道を歩いた。なんで、こんなに自分の気持ちがささくれるのかわからなかった。前に歩いている人がいないせいか、僕は次第に早歩きになる。体育の時間に見た、やる気のない男子たちのバスケットボール、陽が部室で描いていた上手な油絵。なんだか、いろんなことが、僕の気持ちをとげとげしくさせている。僕の足は次第に速くなっていた。心臓に悪いんじゃないか、とふと思ったけれど、足は止まらない。ほら、こんなふうに速く歩いてみたって、僕の体には異常がない。だから、手術前と同じように走り回ったっていいんじゃないか。ロータリーが見えてきた。駅までもう少し。そのとき、急に酸素が薄くなったような気がした。鼓動を全身で感じる。まずい、と思った瞬間、道ばたにあるベンチが目に入った。僕は倒れ込むようにそこに座った。息がひどく荒い。苦しかった。僕は酸素の少なくなった金魚鉢に入れられた金魚のように口をぱくぱくさせていた。膝《ひざ》に肘《ひじ》をついて頭を抱え、はー、はーと息を整えているとき、目の前にあるチェーンのカレーショップから誰かが出てきた。沙樹ちゃんだった。

「ちょっとちょっと陸、何してんの？　だいじょうぶ？」

沙樹ちゃんは頭に三角巾《さんかくきん》のようなものをかぶり、カレー色のミニワンピースのような制服を着ている。沙樹ちゃんが僕に近づくと、ふんわりとカレーの香りがした。

「顔色わるっ。今、お水持ってくるよ」そう言って沙樹ちゃんは小走りに店の中に入っていった。すぐに沙樹ちゃんは出てきて、僕にグラスに入った水を渡してくれた。水を二口飲んで息を整えた。心臓はまだどきどきしていたが、呼吸は少しずつ落ち着いてきた。

「家の人に電話したほうがいいんじゃない。迎えに来てもらう？」

「そんなんじゃないから、少しここに座っていればだいじょうぶ」

そう言って僕は水をまた飲んだ。

「ここ……沙樹ちゃん、ここでバイトしているの？」

「うん、放課後ね。少しでも進学費用ためようと思ってさ。うち母子家庭だし」

そうだったのか。沙樹ちゃんが前に、うちは貧乏だからさぁ国公立じゃないと大学行けないんだよね、と言っていたことを思いだした。

「それから勉強？」

「そうだよ。今日はバイトが夜までだから家でするけど。バイトがない日は図書館」

「そっか……」

呼吸もだんだんに整ってきた。ベンチに座っているうちにもうすっかり夕暮れが近くなっていた。

「今度さ。僕も図書館行ったらだめかな」

「え」沙樹ちゃんは驚いて僕の顔を見た。

「そりゃ別にかまわないけど……陸、部活とかあるじゃん？」

「僕なんて幽霊部員みたいなもんだもの。いてもいなくてもおんなじだよ」

「陽は……」沙樹ちゃんはそこまで言って口を閉じ、しばらくの間考えていた。

「陽が……」

そこまで言うと、うーん、と唸《うな》ったまま、沙樹ちゃんは黙った。しばらくすると、目の前の店のドアが開き、店長らしい男性が顔を出した。沙樹ちゃんに向かって店の中を指差し、すぐに戻っていった。

「あ、陸、ごめんごめん。お店忙しい時間だからさ。あたし戻るね。ねぇ、ほんとうにもうだいじょうぶ？」

「ん、ありがとう」そう言いながら僕は沙樹ちゃんにグラスを返した。

「まぁ、火曜日と木曜日は図書館にはいるから。来られるなら来なよ」

沙樹ちゃんは僕が返したグラスを手に慌てて店の中に入っていった。僕はベンチに座ったまま、店のなかを見た。カウンターに立つ沙樹ちゃんが、お客さんのオーダーをとったり、グラスに水を注いだり、忙しそうに働いている。なんだかうちの母さんみたいだなぁ。そう思いながら、僕は立ち上がり、駅への道をゆっくりと歩きだした。


翌週の火曜日の放課後、僕は沙樹ちゃんが通っているという区立図書館に足を向けた。並ぶ書架の先に、仕切りのある閲覧スペースが部屋の奥まで続いている。僕はその場所を見回し、沙樹ちゃんを見つけた。沙樹ちゃんの隣、空いている席に僕は鞄を置いた。

「まじかよ。ほんとに来たの？」沙樹ちゃんがひそひそ声で話す。

「勉強じゃないよ。本を読みに来た」そう言って僕は立ち上がった。

書架の間を歩きまわり、何冊かの本を手にした。遠くから見ると、沙樹ちゃんは小さな机の上に参考書を積み上げ、ノートを開いて、何かを書きつけている。授業中だけ、勉強をするときだけかけている小さな眼鏡の赤いフレームが沙樹ちゃんによく似合っていた。その眼鏡をかけると、沙樹ちゃんは優等生の小学生みたいな顔になる。確かに沙樹ちゃんは勉強がよくできた。一学期の期末だって、クラスで一番か二番だったはず。僕は受験のことなど、まだまだ先だと思っていたけれど、沙樹ちゃんにとってはそれがはっきりとした目標としてあるんだなぁ。と僕は他人《ひと》ごとのように感心した。陽は絵を描くこと。沙樹ちゃんは国公立の大学に受かること。二人とも未来がはっきりしている。何が自分に向いているかなんて、僕にはまだ考えられない。そう思うと、まずは自分の体のことがあって、それに合わせて未来を考えないといけない。手術を終えたばかりの今は、まるで宙ぶらりんだ、と僕は思った。

しばらくの間、僕は選んだ本を読みふけった。カリカリと隣で沙樹ちゃんがシャープペンシルでノートに何かを書く音が小気味よかった。小一時間もしたところで、沙樹ちゃんは僕の肩を叩《たた》き、部屋の奥を指さす。

「休憩しようよ」

沙樹ちゃんは図書館の入り口近くにある休憩コーナーに僕を誘った。自動販売機でココアを二缶買い、僕にひとつを手渡してくれる。

「あ、お金払う」鞄の中から財布を出そうとすると、

「百十円くらいいいよ」と怒ったように沙樹ちゃんが言った。

二人並んでプラスチックのベンチに座り、沙樹ちゃんにおごってもらったココアを飲んだ。沙樹ちゃんが飲みかけのココアを横に置き、眼鏡を外して、ポケットから出した眼鏡拭《ふ》きで丁寧に拭いた。

「あー、ちかれた」眼鏡をかけて、沙樹ちゃんはまたココアをこくこくと飲む。

「えらいね沙樹ちゃん」

僕の顔を見て口を開いた。


「何が？」

「勉強して、さ」

「あのさぁ……」沙樹ちゃんは僕が言ったことには答えず、僕の顔を見て口を開いた。

「陽はほうっておいていいわけ、陸、こんなとこ来てさぁ」

「こんなとこって、僕だって本が読みたくてここに来てんだよ」

とは言ったものの、それは嘘だ。本当は今日だって部活がある。けれど、なんとなく一生懸命に絵を描く陽のそばにいづらくて、僕はここに来たのだ。

「陽と、陸はつきあってるんだよね？」

つきあっているかなぁ。僕は考えた。夏休み、手術前にはギャラリーや美術館に二回行った。陽の家にごはんを食べに行ったこともある。けれど、それでつきあっている、と言えるのだろうか。つきあってください、と言ったわけではないし……。

「なんかごちゃごちゃした感じになるのは、いやだなぁ。あたしも陽と仲いいし」

沙樹ちゃんはそのあともごにょごにょと何かを口にしたが、僕には沙樹ちゃんの言っていることが正直言ってよくわからなかった。僕はここに来て、本を読んでるだけ。それだけだ。

「ま、いっか。陸も勉強すればいいのに。そのほうがあたしのモチベも上がるかも」

「だけど、僕、大学で何したいのかもわかんないし、沙樹ちゃんみたいに目標があるわけじゃないし……」

ふーん、と言いながら、沙樹ちゃんはココアを飲みほす。

「陸は、なんか、手術して……」

沙樹ちゃんが言い淀《よど》んでいる。しばらく沙樹ちゃんの言葉を待ったが、沙樹ちゃんはそのあと何も言わなかった。僕は黙ってココアを飲んだ。

「あたし、閉館までここにいるけど陸は早めに家に帰ったほうがいいんじゃない。おうちの人が心配しない？」

うん、と頷《うなず》きながら、僕はただ、家に帰る時間を延ばしたくてここにいるのかもなぁと、なんとなく思っていた。

その日から、僕は陽のいる美術部にはあまり顔を出さず、火曜日と木曜日は図書館に行き、沙樹ちゃんの隣で本を読んだ。陽にはしばらく部活休むね、と伝えた。陽は僕の体調があまりよくないのだ、と考えているみたいだった。おばあちゃんと母さんの間にいるように、僕は沙樹ちゃんと陽との間にいて、二人の間でもバランスをとろうとしているのかもしれなかった。


「久しぶりだね、陸君と美術館来るの」

僕と陽は、美術館に続く道を二人並んで歩いていた。道の両脇に並ぶイチョウの葉はもうすっかり黄色くなり、ふいに風が吹くたび、その葉をはらはらと落とした。十一月の半ばになっていた。学校生活は変わらない。僕は体育を見学し、美術部を休み、週に二日、図書館に通った。沙樹ちゃんとはほとんど話もしなかった。沙樹ちゃんが、がりがりと机に向かって勉強をしている隣で、僕は手当たり次第に本を読んだ。

「美術館に行かないかな？」と陽から連絡があったのは、十一月になったばかりの頃だった。

「陸君、だけど、無理しないでね」約束の日までの間、陽は学校で会うと、何度も言った。陽と美術館に行くのは、夏休み以来のことだった。

歩くたび、乾いた落ち葉が音をたてる。歩いているうちに暑くなった僕は、出がけにおばあちゃんにぐるぐると首に巻かれたマフラーをとり、ディパックに突っ込んだ。美術館の展示は陽が見たいと言っていた印象派の画家たちの絵だった。休日のせいもあって、美術館の中は人でごった返していた。

陽はたくさんの人が群がる絵の前で足を止めて、一枚、一枚、じっくりと眺めている。僕はとりたてて絵が好きなわけじゃない。それでも陽のペースにつきあいながら、たくさんの絵を見た。小一時間ほど美術館にいただろうか、人いきれに僕はすっかり疲れてしまっていた。そんなことで疲れてしまう自分の体が情けなかった。

美術館を出て、僕と陽は、近くにあるカフェに入った。

「陸君、疲れてない？　だいじょうぶ？」

「うん……」

本当のことを言えば、だいじょうぶ？　と聞かれるのも僕はつらかった。陽だけでなく、先生からも、クラスメートからも、だいじょうぶ？　と、幾度となく聞かれる。けれど、だいじょうぶ？　と聞かれれば、だいじょうぶ、と答えないといけない気になる。ほんとうはちょっと疲れているとか、今すぐにでも家に帰って横になりたいとか、そういうほんとうのことを伝えるのが面倒だった。自分はいつでも誰かに気遣われなくちゃいけない存在になってしまったようで。

「……陸君、部活もあんまり出られないから」

陽はそう言いながら、カフェラテを飲んだ。

僕はなんと言っていいかわからず黙っていた。陽に黙って沙樹ちゃんと図書館にいること。それを陽には伝えられずにいた。

「あのね、今日、よかったら、お母さんが陸君も夕食いっしょにどうかなぁって」

陽は僕の目を見ずにカップを両手で包むようにして言った。

「うん、僕……今日、家で食べる、と言ってきちゃって」嘘だった。

「そっかあ。陸君に無理強いしたらいけないよって、お母さんにも言われたんだぁ」

美子さんをお母さんと呼ぶことに陽はもうなんのためらいもないようだった。

「でも、また、今度来てね。ひなたも待ってるから」

うん、と頷きながら、僕はすっかり冷めてしまったコーヒーを飲んだ。

陽は遠慮したが、帰りは陽の最寄り駅まで一緒に帰った。僕は改札口を出ずに、改札を出ていく陽を見ていた。

「今日、楽しかった。ありがとう。また、家に来てね」

陽が手を振ったので、僕も振り返した。そういう陽の顔がなんだか美子さんに似ているようで、僕はどきっとした。血のつながらない家族でも、いっしょに暮らしていると表情は似てくるものだろうか。だとしたら、僕は母さんとおばあちゃんのどちらに似ているのだろう。そんなことを考えながら、僕はホームに続くエスカレーターに足を乗せた。

「陸、悪いけど、これ沙樹ちゃんの家に持ってってってくれない？」

宮尾君が僕の机に近づいてきて言ったのは、十二月に入ったばかりの期末試験の少し前のことだった。宮尾君が手にしたクリアファイルには、プリントが数枚挟まっている。

「ほんとうは俺が頼まれたんだけど、俺、今日、サッカー部から呼び出しくらってさ。練習試合やるからって、幽霊部員にも招集かかって。郵便受けに入れておく、って沙樹ちゃんにはそう言ってあるから」

沙樹ちゃんはその日、確かに学校を休んでいた。宮尾君が言うには、グループで提出する倫理の課題を沙樹ちゃんが仕上げることになっているらしい。確かに明日《あした》、その発表がある。沙樹ちゃんと宮尾君のいるグループは沙樹ちゃんがリーダーとなって進めていたらしく、沙樹ちゃんが最後の仕上げをするからと張り切っていたらしい。見せろ見せろって、あいつほかのメンバーのことぜんぜん信用してないからさぁ。宮尾君は頭を掻《か》きながら、悪いな、と言い、僕にファイルを渡し、廊下を走っていった。

中学も同じだった沙樹ちゃんの家のあるあたりはなんとなく記憶にある。駅の裏の古いマンションやアパートが並んでいるあたりだったような気がする。

僕は校門を出て、沙樹ちゃんの家のほうに歩いていった。途中、コンビニの前を通りかかったので、プリンやゼリーをいくつか選び、ポカリスエットを数本買った。ドアのノブにひっかけておけばいいか、と思った。コンクリート塀の続く細い路地を歩いていると、なんとなく記憶が蘇《よみがえ》ってきた。小さな三毛猫が道を横切る。このあたりじゃなかったか。塀の途切れたあたり、さらに左に曲がっていく道がある。視線を向けると、古ぼけたアパートが見えた。桜荘、と門のところに書いてある。僕は道に埋められたコンクリートの欠片《かけら》の上を進み、アパートを目指した。入り口に錆《さ》びた鉄の郵便受けが並んでいる。沙樹ちゃんの名字を確かめた。２０１。鈴木《すずき》。けれど、その郵便受けにはチラシがあふれるほど入れられている。ほかの部屋の郵便受けも同じようなものだった。郵便受けには鍵《かぎ》がかかっているが、ここに宮尾君から頼まれたクリアファイルを入れても、その半分くらいは郵便受けから飛び出してしまう。ほかの誰かに取られないだろうか、と不安になった。

しばらくの間考えて、僕は二階に続く外階段を上がった。錆びているせいだろうか、階段は耳障りな音を立て、手すりに触れた手のひらにざらざらとした感触が残った。２０１のドアの前まで歩いてはみたものの、木のドアがあるだけで、そこには郵便受けも新聞入れもない。僕はドアの右側にあった黄ばんだピンポンのようなものを押した。反応はない。もう一度押してみた。ドアの向こうから、何かかすかに物音がする。ドアのすぐ横の小さな窓が音をたてて開いた。

「あ、陸」網戸越しの沙樹ちゃんは髪がぼさぼさで声が嗄《しわが》れている。

「ちょっと待って」沙樹ちゃんは玄関ドアのほうに移動したようだった。しばらく間があって、鍵を開ける音がし、ドアがほんの少しだけ開いた。パジャマ姿の沙樹ちゃんはさっきしていなかった白いマスクをしている。

「あ、あのこれ、宮尾君に頼まれたやつ」

「もー、宮尾のやつ、面倒なこと陸に頼んで」そうは言いながらも沙樹ちゃんはドアの隙間から僕が差し入れたクリアファイルを受け取った。

「あと、これは差し入れ」沙樹ちゃんの前でコンビニの袋を掲げると、沙樹ちゃんは袋の中身をのぞきこんで、「あー助かったぁ」と大きな声をあげた。

「家の人は？　一人で寝てるの？」

「うん、お母さんは仕事だもん。こんなことはしょっちゅうさ」そう言いながら、沙樹ちゃんはつらそうに咳《せき》をする。熱もあるのか顔が赤い。

「あー、陸はもう帰った帰った。うつったら大変だからさぁ。これ、ありがとうね」

そう言いながら、沙樹ちゃんはドアを閉めようとする。

「何か必要なものあったらいいなよ。僕、コンビニで買ってくるよ」

陸はさぁ。沙樹ちゃんがマスクをしたまま言った。その声は小さく、くぐもって聞こえる。

「変な同情はいらないからさ……陸」

「同情？」

「私が予備校に行けないで図書館で勉強してることとか、病気なのに一人で寝てることとか、そういうこと。……陸はやさしいからさ」

同情などしているつもりはなかった。放課後、陽のいる美術部には行きづらくて、家にもまっすぐ帰りたくなくて、それで、沙樹ちゃんの隣で本を読んで時間をつぶしているだけだ。同情なんかじゃない。今日は宮尾君に用事を頼まれて、それで。それだけなのに。

「いろんなものを持ってるじゃん陸は」

壊れかけの役立たずの心臓とか？　皮肉を言い返したかったけれど僕は黙っていた。冷たい風が一瞬吹いた。赤い顔をしてパジャマ姿で立っている沙樹ちゃんが寒そうに腕をさする。

「でも本当に困ったら、僕でも宮尾君でも連絡しなよ」

うん、わかった、という意味なのだろうか、沙樹ちゃんは目を閉じたまま何度か頷《うなず》き、ドアを閉めた。

家まで帰る道すがら、沙樹ちゃんに言われた言葉が僕の頭のなかで響いていた。変な同情はいらないとか、やさしいとか、いろんなものを持ってるとか。そんな言葉が毒みたいに体のなかを巡っているような気がした。考えながら歩いていたら、日はもうすっかり暮れていた。

「ただいま」そう言いながら、玄関の引き戸を開けると、おばあちゃんが廊下の奥から顔を見せた。

「陸！　こんな冷え込む日に遅くまで」

おばあちゃんはそう言いながら僕の手をとり擦《さす》った。

「おばあちゃんの部屋のこたつで早く暖まりなさい」

そう言うおばあちゃんに、手を洗ってくるから、と伝えた。僕はおばあちゃんの部屋には行かず、洗面所に向かった。手を洗い、うがいをしてキッチンに向かった。

「もう少ししたら、誰か友だちの家に電話しようと思ってたのよ」

母さんが出てきて、エプロンで手を拭《ふ》きながらそう言った。シチューだろうか、いいにおいがしてくる。カーテンを閉めた窓際に、ポインセチアの鉢が飾られている。母さんが毎年買ってくる鉢だ。けれど、クリスマスを過ぎると、鉢はいつの間にかどこかに消えている。枯らしてしまうと処分してしまうのか、正月にポインセチアを見たためしがない。それでも母さんは毎年、鉢を窓辺に飾った。

「クリスマスにはお父さんも帰ってくるって」母さんはいつになく嬉《うれ》しそうだ。

僕はリビングにある石油ストーブに手をかざした。そうしながら、さっき沙樹ちゃんに言われたことを思いだしていた。僕はその言葉を反芻《はんすう》しながら、僕の家のカタチのことを考えた。母さんとおばあちゃんと、遠くで仕事をしている父さんのいる僕の家。お父さんがいなくて、仕事をしているお母さんと、病気のときにも一人で寝ていないといけない沙樹ちゃんの家。自分を産んだお母さんが出ていって、新しいお母さんと、新しい妹との暮らしを始めた陽の家。どれもみんなカタチが違う。そして、僕も沙樹ちゃんも陽も、それを自分で選んだわけではない。そのカタチを自分で選ぶことができない。選択すらできない事実が、力のない子どもの証《あかし》のような気がした。自分の心臓のカタチも僕が選んだわけじゃない。そのことに同情されたら、自分だって嫌だ。沙樹ちゃんの言うことがなんとなくわかった気がした。自分が選んだわけじゃないのに、同情めいた言葉をかけられたり、行動を見せつけられるのは嫌なのだ。だったら、大人になれば、僕はそのカタチを選べるようになるんだろうか。

ストーブにあたりながら、しばらくの間考えてみたけれど、答えは出なかった。

「陸君！」

学校からの帰り道、電車の中で声をかけられた。振り返ると陽のお母さんである美子さんが立っていた。

陽の家で見たことのあるような服ではなく、美子さんは紺色のコートを羽織り、その下にパンツスーツのようなものを着ている。仕事の帰りだろうかと思った。美子さんが英語の通訳や翻訳の仕事をしていることは陽から聞かされて知っていた。

「久しぶりだね。……あ、ねえ、もし時間があれば、家でお茶でも飲まない？　私、喉《のど》がからからで」

そう言って美子さんは僕を家に誘った。家にまっすぐ帰りたくなかった僕は美子さんの言葉に頷いた。陽の家の最寄り駅で降り、美子さんと二人で家に向かった。家に入ると、なつかしい陽の家のにおいがした。

「ちょっと散らかってるけど、そこ、座って待っててね」

美子さんはコートを椅子の背にかけると、シンクで手を洗い、がちゃがちゃと音をたてながら、お茶の準備を始めたようだった。リビングの床には、ひなたちゃんの洋服だろうか、カラフルな布のかたまりが山のようになっているのが見えた。ダイニングテーブルの上には本や書類の束が積み重なっている。美子さんは、

「また、陽に叱られちゃうわ」と言いながら、積み重なった本や書類をテーブルの右半分に片付けた。ちらりと見た本は英語の本ばかりだ。

「ミルクティーにしたよ。陸君、お砂糖入れる？」

あ、いいえ、と僕が答えると、美子さんは僕の前に大きなマグカップを置いた。美子さんが手にしているのとは、柄も大きさも違うカップだった。

「陽は今日、部活があるって言ってたけど、陸君はまだお休みしているんだよね。体のほうはだいじょうぶ？」

はい、と言いながら、僕はカップに口をつけた。何かのスパイスがミルクティーに入っているのか、その香りが鼻をくすぐる。

「英語の、仕事、されてるんですよね？」

僕はテーブルの上の本を横目で見ながら言った。

「うん。そんなたいそうなもんでもないけどね。学生の頃から英語しか得意じゃなかったんだもん。ほかの教科はまるでだめで。……あ、でも、陸君は勉強できるんでしょう。陽から何度も聞かされたわ」

「僕は別に……」

「行きたい大学とかあるんじゃないかって陽が。私と絵なんか描いてる場合じゃないんだろう、って陽がね」

陽から。陽が。陽がね。そう何度も美子さんは口にする。まるで自分の子どもみたいに。

「何をしたいとか、まだ僕、ないんですぜんぜん」

「まだ高校一年だもん。陽みたいに絵の仕事がしたい、って決めてるほうが珍しいよ」

美子さんは笑いながら言った。立ち上がって食器棚を開け、一枚の皿と丸い缶を取り出した。蓋《ふた》を開け、中身を勢いよくお皿に空ける。アルファベットのカタチのビスケットがこぼれ落ちてきた。

「よかったら、これ食べてね。なんだか量が少ないなぁ。……ひなたがつまみ食いしたのかも」

笑いながら美子さんは片目をつぶって、缶の奥をのぞきこんだ。

「夏休み、陽の、ほら、お母さんの絵を陸君いっしょに見に行ってくれたでしょう」

「お母さん？」

「そう。陽を産んだお母さん。陽が言ってなかった？　きれいな花の絵を描く人。あれ、陽の、ほんとうのお母さんなんだよ」

そうだったのか……。陽は僕になんにも言っていなかった。手術前のことだった。都心のギャラリーに陽と二人で出かけた。僕と陽に声をかけてくれた人のよさそうなギャラリーのおじさん。途中から入ってきたおばさんがいた。黒いワンピースを着たあの人。おじさんは奥さんだと言っていたはず。あの人が。

「あのとき、陽、多分、一人だったら行けなかったと思うんだよね。あのあとから、陽、絵を描く仕事がしたい、って言うようになってね」

美子さんは皿からビスケットをつまみ、口に入れた。

「お母さんとも一度会ったのよ。メールもやり取りしているみたい。いろいろ進路のこととか、相談もしているみたいで」

「あの……」口を開いたものの僕は口ごもってしまった。

「ん？」

「美子さんは、そういうの、いやじゃないんですか？　つまり、その、陽が、そのお母さんと……陽を産んだお母さんと」言いながら、人の家のことに何を余計なことを言っているんだろう、と思った。顔が赤くなる。僕は慌ててビスケットを口に入れた。

「会ったりすること？」

はい、と僕は口を動かしながら頷《うなず》いた。

「陽、ずっとお母さんに会えなかったんだもん。会えてよかったと思うわ。突然、お父さんが再婚する、って言って、私みたいのと、うるさいひなたが来て。陽にとってはすごい大変なことだったと思うもの」

美子さんはしばらく皿の上のビスケットを手でいじっていた。0のカタチが割れて、半円のようになっている。美子さんはしばらくの間考えて、それをぽいっと口に入れた。

「陽、お母さんと会ってから、すごい明るくなったんだよね。そのきっかけ、作ってくれたの陸君なんだよ。だから、そのこと、いつか御礼言いたくてね私。ほんとうにありがとうね」

美子さんは僕の目を見て言った。正直、照れ臭くて、僕は目を伏せ、ミルクティーを飲んだ。

この人はやっぱりいい人なのだ。

自分より年上の大人に対して、そんな感想を抱くのは失礼だろうと思ったけれど、素直にそう思った。自分を産んだお母さんに会ったからだけじゃなく、この人のそばにいて陽は少しずつ変わっていったのだろう。美子さんも、そして陽も持っているその素直さが、今の僕にはなんだかとてもまぶしいものに感じられた。

家に帰って自分の机の引き出しを開けた。

陽と行ったギャラリーでもらったポストカードが出てきた。緑の葉にのっかるように咲いている小さな花の絵だ。ガラスのように透明に光っている。裏にサンカヨウとある。この花の名前なのだろうか。この絵を描いた人が、ギャラリーで見たあの女の人が陽の本当のお母さん。陽はそんな話を僕にまったくしなかった。してくれてもよかったのに、という思いと、陽がその話を僕にしなかった理由もなんとなくわかるような気がした。僕はもう一度ポストカードを見る。家のリビングの窓辺にあるポインセチアとは随分違う繊細な花だ。母さんが飾るから文句を言ったことはないけれど、僕はポインセチアの毒々しい色がなんだか苦手だった。

カードを手にぼんやりしていると、階段の下から、なんだかおばあちゃんの声が聞こえたような気がした。時折、母さんの声が混じる。なんだろう、と思いながら、僕は部屋を出た。二人の声はどんどん大きくなっていくようだ。僕の家ではよくあることだ。おばあちゃんと母さんの諍《いさか》いの声。階段の上に立ち、僕は耳をそばだてた。陸が。心臓が。という単語が耳に飛びこんでくる。僕は足音をなるべくたてないように階段を下りた。廊下を進み、居間の襖《ふすま》の前に立つと、その声がはっきりと耳に入ってきた。

「だいたい、あなたがもっと気をつけていれば。陸の心臓のことだって」

おばあちゃんの声だ。「すみません……」という消え入るような母さんの声。僕は勢いよく襖を開けた。二人がはっとした顔で僕を見る。なんだってこの二人はいつも。家族としてひとつ屋根の下にいるのに。僕が最初に思ったことはそれだった。何かを言いたかったけれど、僕は部屋を飛び出し、玄関で靴を履いた。

「陸！」おばあちゃんと母さん、それぞれの声が背中から聞こえる。僕はそれ以上、何も聞きたくなくて、玄関の引き戸をぴしゃりと閉めた。

冬の日暮れは思ったよりも早い。僕は制服のシャツ一枚で家を飛び出してきたことをすぐに後悔した。冷たい風に吹かれてはいるが、頭はかっ、と熱い。血のつながらない親子でも、陽と美子さんのようにうまくいっている家もあるのに、僕のうちはどうだ。いつも諍いばかり。そんな二人を放って仕事ばかりしている父さんにも僕は腹を立てていた。母さんを守ってやれよ。怒りにまかせて歩いていると、足は自然に早歩きになる。道の向こうから、エナメルのバッグを斜めがけにした中学生が集団で歩いてきた。部活だっりぃ。運動かったりぃ。なんの部活か知らないけれど、そんな言葉を吐くやつらにも僕は腹が立った。そんなに嫌なら、僕の心臓と換えてやるよ。そんな残酷な言葉が頭をよぎった。踏切の遮断機の前に来た。急行のくせにのろのろと走る電車。そのスピードさえも僕を苛立《いらだ》たせた。ゆっくりと遮断機が上がっていく。それがスタートの合図といってもよかった。僕は駅までの道を走り出していた。激しい運動はだめだ。手術をした医師はそう言った。でも、どれくらいまでなら、自分の心臓が耐えられるのか、僕は知りたかった。スーパーマーケットの角を曲がり、人ごみを縫うようにして、僕は走った。改札口を過ぎれば、線路沿いにまっすぐな道が続く。その道を僕は走った。シャツ一枚で全速力で走る僕を怪訝《けげん》そうな顔で見る人もいた。僕はおかまいなしに走った。次の踏切まで。全身が心臓になったみたいだった。息ができない。倒れる、そう思ったと同時に僕の体は足元から崩れ落ちていった。道に仰向けになってしまった僕に、子犬の散歩をしていた女の人が慌てて近づいてきた。これくらいの距離、走っただけでもだめなのか。そう思いながら、どこか遠くから近づいてくる救急車の音を、冷たいアスファルトの上で聞いていた。子犬が僕の頰を舐《な》めているのを感じながら。

目を覚ました僕は病院のベッドの上にいた。

僕の左腕にはいつの間にか、点滴の針が刺さっている。

「陸！」

おばあちゃんと母さんが僕の顔をのぞきこむ。

「よかった、陸が目を覚ました」

おばあちゃんが泣きそうな顔で僕の手をとりながら言う。

「あんたがちゃんと言い聞かせないから」

おばあちゃんは隣に立っている母さんに向かってつぶやいた。

「おばあちゃん！」声を荒らげただけで息が切れた。

「陸、今は安静に、ね。少し熱があるんだって。だから。ね」

母さんが僕の掛け布団の上に手を置く。

「今は少し眠って。お義母《かあ》さん、陸も疲れているみたいだから」

母さんがそう言うと、おばあちゃんはしぶしぶといった様子で病室を出ていった。僕は目を閉じ、廊下のほうから聞こえてくる足音や話し声に耳を傾けるうち、深い眠りに落ちていった。

しばらくして目を開けると、ベッドのそばに母さんが座っていた。

「おばあちゃんは先に家に帰ったから。安心して」

そう言いながら、母さんはほつれた髪を耳にかけた。こめかみのあたりに随分白いものが増えたような気がした。

「なんでもなくてほんとうによかった。……ごめんね陸」

僕は母さんのほうに顔を向けた。

「……ちゃんとした心臓を持った体に産んであげられなくて」

「違う」自分で思った以上に大きな声が出た。

「母さん、違う」

「おばあちゃんと喧嘩《けんか》ばっかりして……陸に迷惑かけて。お父さんも手術の日に来たがっていたのに、仕事が随分忙しくて」

「違う。母さん……」そうは言ったものの、何が違うのかよくわからない。僕だってこんな体はいやだ。母さんとおばあちゃんが言い争うのも好きじゃない。本当は父さんにだってそばにいてほしい。いっしょに暮らしたい。けれど、問題のすべてを母さんのせいにしたいわけじゃない。

「母さんは……母さんは、ぜんぜん悪くない」

僕がそう言った途端、母さんは布団に突っ伏して泣きはじめた。

「だから、あやまらないで」

そう言うのがやっとだった。陽の家族のように僕の家族はうまくはいかない。でも、これが僕の家族だ。誰かにそのカタチのいびつさの責任をとってほしくなかった。僕はこのカタチしか知らないから、そのカタチに馴染《なじ》んでいくしかないんだ。自分が抱えている心臓のカタチに慣れるように、今いる家族のカタチに慣れるように。

「僕、もうこんなことはしないよ」そう言った途端、母さんの泣き声が大きくなった。


「私、陸君がいなくなったらいやなんだよ」

翌日、病室に来た陽は、僕の顔を見るなり泣きそうな顔をした。泣くのを必死に我慢しているようだった。

「陸君はいつもなにか言いたいことを我慢しているように見えるよ」

そう言って陽は僕の手をとった。陽の手に初めて触れた。子どもみたいに小さな手だ。そして、その手は僕よりもずっと体温が高い。

「なんでも話してほしいよ。どんなことでも。私もなんでも陸君に話したい。聞いてもらいたい」

陽が僕の手をぎゅっと握る。僕の顔は熱のせいではなく熱かった。僕はその手を握り返した。心臓がどきどきしたけれど、それは僕の心臓のカタチのせいじゃないような気がした。ベッドのカーテンが急に開いて、宮尾君とみやこ、そして沙樹ちゃんが顔をのぞかせた。

「やっば」

かたまってしまった三人のなかでいちばん先に声をあげたのは沙樹ちゃんだった。

僕と陽は慌てて手を離した。

「あの、これ、良かったらさぁ、二人で食べて」

みやこが手にしていたコンビニの白いビニール袋を陽に渡す。陽の顔はまだ赤い。多分、僕だってそうだろう。

「クリスマスはさぁ、陽の家でパーティをやることになったから。ま、もう聞いてるか」

宮尾君がにやにやしながら僕の顔を見る。

「じゃ、帰るわ俺たち」

宮尾君の言葉に皆が病室を出ていこうとする。ちょ、ちょっと待って。という陽の言葉も聞かずに。陽は耳まで赤くして立ち上がり、ビニール袋の中身を冷蔵庫に入れようとする。しばらくすると一度出ていったはずの沙樹ちゃんが、カーテンからほんの少しだけ顔をのぞかせた。沙樹ちゃんは寝ている僕に向かって、舌を出し、あっかんベーをして病室から小走りに出ていった。音もなく去って行く沙樹ちゃんが来たことにも、陽は気づいていないみたいだった。

「やだなぁもう、みんな」そう言いながら、陽はビニール袋の中身をひとつひとつベッドサイドの冷蔵庫に入れる。目をやると、いつか、沙樹ちゃんの家に買っていったのと同じプリンやゼリーが入っていた。きっと沙樹ちゃんが選んでくれたのだろうという気がした。

「プリン食べようかな」

陽はそのなかのひとつを選んでプラスチックの蓋《ふた》を開けた。

「陸君もいる？」

ううん、と僕は首をふる。

「陽、ありがとうね」

そう言うと、陽は制服のスカートの上にプリンをぼたぼたとこぼした。しみになっちゃうよう、とまた泣きそうな顔をしながら。

父さんが帰ってきたのはクリスマスイブの前日だった。

そんな人の多いところに行くなんて、とおばあちゃんには反対されたが、僕は空港まで父さんを母さんといっしょに迎えに行った。それでもおばあちゃんにしつこく言われ大きなマスクをさせられた。

カートを片手で押し、ベージュ色のコートを着た父さんが到着ロビーから出てきた。僕が手を振ると、まっすぐに僕と母さんのほうに近づいてくる。半年見ないうちに父さんのおなかにはたっぷりと脂肪が蓄えられていた。白い髭《ひげ》をつけたら、まるでサンタクロースみたいだ。

「陸！」父さんが近づき、僕の頭を大きな手のひらでがしっとつかんだ。

「大きくなったなぁ……」父さんの顔も半年分、いや、それ以上、年齢を重ねているような気がした。母さんは今にも泣きそうな顔をしている。

「お疲れさまでした」母さんがそう言うと、

「うん。陸のことも家のことも任せっきりで悪かったな」

父さんはそう言って、母さんを抱き寄せた。僕は驚いた。外国暮らしが長くて、そんな習慣が身についたのだろうか。母さんは一瞬驚いた顔をしたが、父さんにされるままになっていた。父さんの腕のなかで母さんは泣いた。いつまでだってそうしていろよ。僕は心のなかで悪態をつきながら、人ごみのなかで抱き合う父さんと母さんを少し離れたところから見ていた。

その日は父さんと母さんとおばあちゃん、みんなで食事をした。皆がうれしそうだった。僕だってそうだった。家の中心に父さんという重石《おもし》が置かれて、今、この家は安定している、とそう思った。いつもは気詰まりな食事も、今日は父さんがいる。窓辺の赤いポインセチアも今日はなぜだか毒々しいと感じなかった。クリスマスらしい晴れやかなその色が、四人の家族を照らしている。その色がいつまでもそこにあればいい、と僕は思った。

翌日、少し、散歩をしたいから、という父さんといっしょに家を出て、陽の家に行くために駅に向かった。道に並ぶ家々の窓には、白いスプレーで描かれたトナカイや、点滅するカラフルな豆電球が見えた。僕と父さんはそれほど会話が多いほうじゃない。二人黙って、線路沿いの道を並んで歩いた。

「体、だいじょうぶか」

「うん……」

「そうか。大事にしないとな」

「父さんさ……」

ん、とこちらを向いた父さんの顔に線路を走っていく電車の灯《あか》りが映った。

「母さん、連れていきなよ。僕も父さんについていったら、おばあちゃんが一人になるだろ。僕とおばあちゃんと二人で大丈夫だよ」

父さんは黙っている。

「仕事先でいっしょにいたほうがいいんじゃないか。だって父さんと母さんは夫婦なんだから」

父さんは黙ったまま僕の話に耳をすましていた。

「僕、もう無理なことはしないし……心配かけるようなことはしないよ」

　ピザ屋のバイクが僕と父さんのそばを走り抜けていく。

「陸は大人になったなぁ……」そう言ってまた、空港でしたように、僕の頭を手のひらでがしっとつかんだ。

「本当は、少し」

　そう言って父さんは僕の右手を握り、自分のコートのポケットに入れて、歩きだした。僕がまだ小さな子どもだったとき、父さんはよくそうやった。僕はなんだか照れくさかった。

「……そんなことも考えていたんだ」

「考えてよ。本気で考えてよ。母さんを幸せにしてよ。それは父さんの役割だろ」

　父さんは立ち止まり、僕の顔を見た。

「わかった……」父さんはそれだけ言って、また、歩きだした。

　それから、僕と父さんはただ黙って歩き続けた。

「じゃあ、僕こっちだから」

　僕はそう言って、父さんのポケットから片手を抜いた。ぬくぬくと温まっていた手のひらが瞬時に冷えていく。父さんに背を向けて歩きだすと、

「陸」と僕を呼ぶ声がした。父さんはまださっきと同じ場所に立っている。

「ありがとな」そう言って父さんは片手を挙げ、僕に背を向けた。

　陽の家にはもう、みやこも宮尾君も沙樹ちゃんも来ているだろうか。今日は絶対、あ

の日のことを冷やかされるな、とそのことだけがほんの少し憂鬱《ゆううつ》でもあった。陽の家の門扉を開ける。なぜだか二階建ての家の窓全部にオレンジ色の灯りが灯《とも》っていた。玄関のチャイムを鳴らすと、ひなたちゃんが駆け出してきた。

「おにーたーん」

僕に抱きつこうとして陽に怒られている。沙樹ちゃんが「陸、遅刻。おそーい」と声をあげた。三角の帽子をかぶった宮尾君とみやこが僕を見て、にやにやと笑っている。僕はポインセチアの鉢を抱えて、あたたかな光のその中に入っていった。

対談　加藤シゲアキ×窪美澄

結婚はゴールじゃない

――お二人は初対面だそうですね。加藤さんの二作目の小説『閃光《せんこう》スクランブル』が刊行されたときに、窪さんが推薦コメントを寄せられていました。

加藤　その節はありがとうございました。

窪　こちらこそ、ご丁寧なお礼のお手紙をいただいて。

――窪さんの新刊はいかがでしたか？

加藤　よかったです、とても。僕、本を読んで泣くことはあまりないんですけど、泣きました。

窪　家族小説だから、加藤さんくらい若い方がどう受けとるのかがすごく不安なんです。

加藤　僕は結婚していないですけど、周りで結婚する友だちが増えたこともあって、『Ｂｕｒｎ．－バーン－』で初めて家族を書いたんですけど、窪さんのこの小説には人が生きていくことの生々しさが描かれていて考えさせられました。

窪　嬉《うれ》しいです。ありがとうございます。

加藤　とくに「サボテンの咆哮《ほうこう》」はグッときましたね。男性の一人称に感情移入しちゃって。奥さんが育児ノイローゼ気味。仕事が忙しくてなかなか家族との時間が取れない男性の主人公が我慢して我慢して、最後にわーっと。自分が結婚したら、たぶんこうなるだろうなって（笑）。

窪　そうなる男性って多いと思いますよ（笑）。

加藤　「育児を手伝うよ」というのが地雷だったりするなんて、俺、もう信じられない（笑）。

窪　「手伝う、ってなに。自分の子どもなのに」って。

加藤　ふだんだったら怒らないはずなのに、いっぱいいっぱいな奥さんの神経を逆なでしちゃう。わかるなあ、って思いました。いま、婚活だなんだって、結婚がゴールになっている人ってけっこう多いじゃないですか。でも、結婚ってスタートだと思うんですよね。

窪　ゴールではないですよね。

加藤　ですよね。これから結婚する人はみんな、『水やりはいつも深夜だけど』を読めばいいと思う。

窪　結婚したくなくなるかも（笑）。現実ってこうなんだって。婚活にブレーキをかける本かもしれません。

加藤　こうなるかもしれないから、向き合ったほうがいい。僕はそう思いました。

窪　そうですね。どの短編の主人公も「わかってほしい」ということしか言ってないですからね。いま、政府があるべき家庭の姿を押しつけようとしてますけど、無理だろうって思うんですよね。いまのこの国で、共働きで、小さい子どもを育てていく生活なんて、本当にいつ破綻《はたん》するかわからない。うちもそうだったし。母親が子育てをぜんぶ背負うということもおかしいし、父親だって、仕事も大変なのに、子育てもなんてできないよ、というのがホンネだと思う。でも、言えないんですよね。

どんな人でもふつうに暮らしていると言葉が足りないと思うんです。自分の気持ちと反対のことを言っちゃうとか。私はいつも小説で、本当はこう思っているんだよ、ということを書いているところがあると思います。それを今回は家族というテーマでやった感じですね。加藤さんにも、家族のことを冷静に観察しているところがありますよね。『Ｂｕｒｎ．‐バーン‐』を拝読したとき、子どもが生まれたり、家族をつくる嬉しさの描写にすごくリアリティがあって、まだ若い加藤さんが書いていることがすごく不思議だったんです。

加藤　結婚じゃないんですけど、ゴールだと思ったらスタートだったという経験はあるんです。十六歳のときにNEWSに入って、これで将来安泰だって思ったんですよね。ジャニーズJr.の目標はデビューだから。でも、ぜんぜん安泰じゃなかった（笑）。そこからが波瀾万丈《はらんばんじょう》で、脱退したメンバーもいるし。だからかな、感情移入してしまって。

窪　なるほど。家族にしろ、グループにしろ、人間関係という意味では共通するところもあるから。まだ結婚していない人でも、加藤さんのように自分の体験に引きつけて読んでもらえると嬉しいですね。

息苦しい街で

――『水やりはいつも深夜だけど』は、どのようなきっかけで書かれたのでしょうか。

窪　最初の一編の「ちらめくポーチュラカ」を「小説 野性時代」のヒーロー小説特集に書いたのが最初だったんです。

加藤　ヒーロー特集？

窪　そうなんです。なぜ私に？　と思ったんですが（笑）、それで、高級住宅地のマンションで、金魚鉢のなかのような息苦しさを感じている女性が、誰かが救ってくれるんじゃないか、と思っている小説にしようと思ったんです。だから、まず街の設定があったんです。私が以前住んでいた街がモデルなんですけど、すごく教育熱心な土地柄で、二世帯住宅や、昔ながらの商店街もあり、という感じで。

加藤　いい街に住んだら、いい人生が待っているというイメージがすごくあるんだけど、そこが自分とそぐわなかったり、見栄《みえ》を張ってしまうと、摩擦みたいなことが起きてくる。読んでいて、苦しいなあ、と思いました。

窪　苦しさということで言えば、加藤さんの小説を読んで、芸能界のことをこんなに冷静に観察していて、そこで活動されていて苦しくないのかなあ、と思ったんです。私は芸能界のことをまったく知らないので想像でしかないんですけど。

加藤　何も考えずにうまくいっていたらそっちのほうが幸せなんだと思うけど、僕の場合、うまくいかないことのほうが多かったので、分析するクセがついちゃったんですよね。うまくいかない原因はなんだろう？　って。デビューしてからも、努力したけれどうまくいかなくて。そのフラストレーションがたまって、ものを書くみたいなこともあったと思うし。はき出したかったんだと思います。

窪　そういえば、『Ｂｕｒｎ.－バーン－』で、少年時代のレイジくんがキレるシーンがあるじゃないですか。そのシーンがすごくリアルだと思ったんですよ。ずっと黙っていたあの子が、教室のなかで戦い始める。熱くなりました。

加藤　一人っ子だったので、兄弟がいないからケンカの仕方がわからないんです。学校で友だちにばーっと言われると言い返せない。何で？　って思うのが遅くて、帰り道に頭の中で言い返してた（笑）。僕はキレたことはないですけど、ああいうふうに、ためて、ためてということはあったと思いますね。

窪　私、デビュー作の『ピンクとグレー』を読んで、文章のうまさと物語の運びのなめらかさにびっくりしたんですよ。私が言うのもおこがましいですけど、アイドルで芸能活動をしている人が書いた、というフィルターはいらないと思いましたね。加藤さんのなかに、熱いか冷たいかわからないですけど、小説を書きたいという気持ちの塊みたいなものがおありなんだろうなと思います。

加藤　色眼鏡で見られるのはわかっていてやってるんです。でも、三冊目にもなると、そろそろ色眼鏡を外してくれないかなって思いますけど（笑）。

小説のなかのアイテム

窪　『Ｂｕｒｎ．－バーン－』に『ウィッカーマン』って映画が出てきますよね。実は私、ビデオ屋さんでアルバイトしてたことがあって、そのときに見たこの映画が忘れられなくて。ずっとタイトルを思い出したかったんですよ。すごくヘンな映画なんですよね。

加藤　リメイクされてますけど、オリジナルのほうが超カルト映画なんですよね。『Ｂｕｒｎ．－バーン－』を書くための材料を集めていて知ったんです。すごく後味が悪い映画で。

窪　『Ｂｕｒｎ．－バーン－』の『ウィッカーマン』とか、『ピンクとグレー』のアルビノのメダカとか、加藤さんは小説にアイテムを入れるのがすごくうまい。ぜんぶに意味がある。こういうのって教えられて書けるものではないですよ。とくに加藤さんのアルビノのメダカの話はズルいと思いましたね。すごく映像的で『ピンクとグレー』っていうテーマに合っていて。歯ぎしりしながら読んでました（笑）。

加藤　色のイメージがずっとあるんです。色の話が好きっていうか。窪さんはこういうアイテムを入れようとか、意識されるんですか。

窪　しますね。今回は植物です。最初の一編のタイトルになぜか「ポーチュラカ」っていう植物の名前を入れてしまったので、じゃあ、植物で統一していこうと。サボテンの植え替えとか、テラリウムっていうガラス容器を使った栽培法があるとか。そのアイテム探しがけっこうたいへんで、編集者さんに協力してもらったりもしましたね。あと、私、〝ベランダー〟なんです。ベランダで植物を栽培していて。ポーチュラカが出てきたのはそこからなんです。本当にここに書いた通りで、何もしなくてもぼんぼん咲いていく。そういうたくましいイメージを入れたくて。

加藤　でも、ヒーロー特集でああいう小説になるっていうのはすごく面白いですね。

窪　枠のなかでいかに自分の色を出していくかという楽しさもあると思うんですよね。とくに今回は小説家の仕事ということを考えたような気がします。こういうことを書きたいということだけじゃなく、読者がどう受けとめるのかなとか、ラストはこうしようとか。加藤さんはこれからこんなことを書いてみたいって思うことはありますか。読んでいて、セックスとか、バイオレンスみたいなことも書いてみたいのかなとふと思ったことがあるんですけど。

加藤　自分の立場でどれくらいまで書けるのか、ちょっとずつ小出しにして試してみたいですね。「小説 野性時代」の一〇月号で書いた短編で、初めて性描写を書いたんですけど、編集長がこんなの見たことないって発信したコメントがネットに出て、ファンの間でえらくハードルが上がって。結果、読んでみたら大したことなかったっていう反響で（笑）。僕のファンもおかしくなってきているんでしょうね。もっと刺激をくれ、みたいな。

窪　もっと違うシゲアキ様が見たい、みたいな（笑）。すてきなファンですね。

加藤　そうですね、本が好きな人はそういう人が多いのかなと思いますね。ただ幸せな気分になりたいだけじゃなく、いろんなことを考えたい。感情移入したいんじゃないかな。窪さんは、小説を書いていて、いつがいちばん楽しいですか？

窪　書いているときは、何も楽しいことはないです（笑）。ただ、サイン会などのイベントで、本に付箋《ふせん》をいっぱい貼ってきてくれる人がいるんですよ。それは嬉《うれ》しいですね。

加藤　じゃあ、救われるのは読まれたときってことですか。

窪　小説を書くことがすごく苦しくなってしまったことがあって、先輩作家から「なんで小説家になったかわからないでしょう？」って言われたんです。「なりたくてなれるものでもないけど、なってしまった以上、書かないといけないんだよ」って。たしかに、小説家になりたい、なりたいと強く思っていたわけではないんだけど、なってしまったからには書くしかないんだと思うときはありますね。加藤さんも書き続けるしかないですよ。若い作家さんって羨《うらや》ましいなと思いますね。これからいろいろな経験をされて、それをすべて小説にできるから。たとえ悪いことがあっても小説に生かせるし。

加藤　それ、すごく思います。辛《つら》いことがあったときに、これ、小説に使えるかもって思いますね（笑）。

窪　それは正しい考え方だと思いますね。小説のネタにならないことはないですから。

（インタビュー・構成　タカザワケンジ）

「小説 野性時代」二〇一四年一二月号より再録

本作は二〇一四年十一月に小社より刊行された
単行本に左記短編を加えて文庫化したものです。

「ノーチェ・ブエナのポインセチア」
（「小説　野性時代」二〇一五年十二月号）

水《みず》やりはいつも深夜《しんや》だけど

窪《くぼ》 美《み》澄《すみ》

平成29年 5月25日 初版発行
平成30年 1月30日 7版発行

発行者●郡司 聡

発行●株式会社KADOKAWA
〒102-8177 東京都千代田区富士見2-13-3
電話 0570-002-301（ナビダイヤル）

角川文庫 20344

印刷所●株式会社暁印刷 製本所●本間製本株式会社

表紙画●和田三造

ISBN978-4-04-105495-6 C0193

角川文庫発刊に際して

角川源義

第二次世界大戦の敗北は、軍事力の敗北であった以上に、私たちの若い文化力の敗退であった。私たちの文化が戦争に対して如何に無力であり、単なるあだ花に過ぎなかったかを、私たちは身を以て体験し痛感した。西洋近代文化の摂取にとって、明治以後八十年の歳月は決して短かすぎたとは言えない。にもかかわらず、近代文化の伝統を確立し、自由な批判と柔軟な良識に富む文化層として自らを形成することに私たちは失敗して来た。そしてこれは、各層への文化の普及滲透を任務とする出版人の責任でもあった。

一九四五年以来、私たちは再び振出しに戻り、第一歩から踏み出すことを余儀なくされた。これは大きな不幸ではあるが、反面、これまでの混沌・未熟・歪曲の中にあった我が国の文化に秩序と確たる基礎を齎らすためには絶好の機会でもある。角川書店は、このような祖国の文化的危機にあたり、微力をも顧みず再建の礎石たるべき抱負と決意とをもって出発したが、ここに創立以来の念願を果すべく角川文庫を発刊する。これまで刊行されたあらゆる全集叢書文庫類の長所と短所とを検討し、古今東西の不朽の典籍を、良心的編集のもとに、廉価に、そして書架にふさわしい美本として、多くのひとびとに提供しようとする。しかし私たちは徒らに百科全書的な知識のジレッタントを作ることを目的とせず、あくまで祖国の文化に秩序と再建への道を示し、この文庫を角川書店の栄ある事業として、今後永久に継続発展せしめ、学芸と教養との殿堂として大成せんことを期したい。多くの読書子の愛情ある忠言と支持とによって、この希望と抱負とを完遂せしめられんことを願う。

一九四九年五月三日

角川文庫ベストセラー

タイニー・タイニー・ハッピー　飛鳥井千砂

東京郊外の大型ショッピングセンター、「タイニー・タイニー・ハッピー」、略して「タニハピ」。今日も「タニハピ」のどこかで交錯する人間模様。葛藤する8人の男女を瑞々しくリアルに描いた恋愛ストーリー。

アシンメトリー　飛鳥井千砂

結婚に強い憧れを抱く女。結婚に理想を追求する男。結婚に縛られたくない女。結婚という形を選んだ男。非対称（アシンメトリー）なアラサー男女4人を描いた、切ない偏愛ラプソディ。

星やどりの声　朝井リョウ

東京ではない海の見える町で、亡くなった父の残した喫茶店を営むある一家に降りそそぐ奇跡。才能きらめく直木賞受賞作家が、学生時代最後の夏に書き綴った、ある一家が「家族」を卒業する物語。

あなたの獣　井上荒野

子を宿し幸福に満ちた妻は、病気の猫にしか見えなかった……女を苛立たせながらも、女の切れることのない男・櫻田哲生。その不穏にして幸福な生涯を描いた、著者渾身の長編小説。

結婚　井上荒野

結婚願望を捨てきれない女、現状に満足しない女に巧みに入り込む結婚詐欺師・古海。だが、彼の心にも埋められない闇があった……父・井上光晴の同名小説にオマージュを捧げる長編小説。

角川文庫ベストセラー

泣かない子供　江國香織

子供から少女へ、少女から女へ……時を飛び越えて浮かんでは留まる遠近の記憶、あやふやに揺れる季節の中でも変わらぬ周囲へのまなざし。こだわりの時間を柔らかに、せつなく描いたエッセイ集。

冷静と情熱のあいだ Rosso　江國香織

2000年5月25日ミラノのドゥオモで再会を約したかつての恋人たち。江國香織、辻仁成が同じ物語をそれぞれ女の視点、男の視点で描く甘く切ない恋愛小説。

泣く大人　江國香織

夫、愛犬、男友達、旅、本にまつわる思い……刻一刻と姿を変える、さざなみのような日々の生活の積み重ねを、簡潔な洗練を重ねた文章で綴る。大人がほっとできるような、上質のエッセイ集。

はだかんぼうたち　江國香織

9歳年下の鯖崎と付き合う桃。母の和枝を急に亡くした、桃の親友の響子。桃がいながらも響子に接近する鯖崎……〝誰かを求める〟思いにあまりに素直な男女たち＝〝はだかんぼうたち〟のたどり着く地とは――。

夢違　恩田　陸

「何かが教室に侵入してきた」。小学校で頻発する、集団白昼夢。夢が記録されデータ化される時代、「夢判断」を手がける浩章のもとに、夢の解析依頼が入る。子供たちの悪夢は現実化するのか？

角川文庫ベストセラー

雪月花黙示録　恩田　陸

私たちの住む悠久のミヤコを何者かが狙っている……！　謎×学園×ハイパーアクション。恩田陸の魅力全開、ゴシック・ジャパンで展開する『夢違』『夜のピクニック』以上の玉手箱!!

私の家では何も起こらない　恩田　陸

小さな丘の上に建つ二階建ての古い家。家に刻印された人々の記憶が奏でる不穏な物語の数々。キッチンで殺し合った姉妹、少女の傍らで自殺した殺人鬼の美少年……そして驚愕のラスト！

孤独の森　大崎善生

北海道・岩見沢にある、厳しいルールと鉄条網で世間から隔離された施設「梟の森」で暮らしていた少年・宗太は、父危篤の情報を得て脱走。父の入院する函館に向けて歩き出したが……。

エンプティスター　大崎善生

私を空っぽの星から救い出して——。45歳になった山崎隆二は囚われた大切な人を救うためソウルへ飛んだ。新たな出会いと謎の組織の影。待ち受ける衝撃の結末。至高の恋愛小説シリーズ、完結編。

聖《さとし》の青春　大崎善生

重い腎臓病を抱えつつ将棋界に入門、名人を目指し最高峰リーグ「A級」で奮闘のさなか生涯を終えた天才棋士、村山聖。名人への夢に手をかけ、果たせず倒れた〝怪童〟の人生を描く。第13回新潮学芸賞受賞。

角川文庫ベストセラー

薄闇シルエット　角田光代

「結婚してやる」と恋人に得意げに言われ、ハナは反発する。結婚を「幸せ」と信じにくいが、自分なりの何かも見つからず、もう37歳。そんな自分に苛立ち、戸惑うが……ひたむきに生きる女性の心情を描く。

幾千の夜、昨日の月　角田光代

初めて足を踏み入れた異国の日暮れ、終電後恋人にひと目逢おうと飛ばすタクシー、消灯後の母の病室……夜は私に思い出させる。自分が何も持っていなくて、ひとりぼっちであることを。追憶の名随筆。

ピンクとグレー　加藤シゲアキ

12万部の大ヒット、NEWS・加藤シゲアキ衝撃のデビュー作がついに文庫化！　ジャニーズ初の作家が芸能界を舞台に描く、二人の青年の狂おしいほどの愛と孤独。各界著名人も絶賛した青春小説の金字塔。

閃光スクランブル　加藤シゲアキ

不安から不倫にのめり込む女性アイドルとそのスクープを狙うパパラッチ。思い通りにいかない人生に苛立つ2人が出会い、思いがけない逃避行が始まる。瞬く光の渦の中で本当の自分を見つけられるのか。

女神記　桐野夏生

遙か南の島、代々続く巫女の家に生まれた姉妹。大巫女となり、跡継ぎの娘を産む使命の姉、陰を背負う宿命の妹。禁忌を破り恋に落ちた妹は、男と二人、けして入ってはならない北の聖地に足を踏み入れた。

角川文庫ベストセラー

緑の毒　桐野夏生

妻あり子なし、39歳、開業医。趣味、ヴィンテージ・スニーカー。連続レイプ犯。水曜の夜ごと川辺は暗い衝動に突き動かされる。救急救命医と浮気する妻に対する嫉妬。邪悪な心が、無関心に付け込む時――。

狂王の庭　小池真理子

「僕があなたを恋していること、わからないのですか」昭和27年、国分寺。華麗な西洋庭園で行われた夜会で、彼はまっしぐらに突き進んできた。庭を作る男と美しい人妻。至高の恋を描いた小池ロマンの長編傑作。

青山娼館　小池真理子

東京・青山にある高級娼婦の館「マダム・アナイス」。そこは、愛と性に疲れた男女がもう一度、生き直す聖地でもあった。愛娘と親友を次々と亡くした奈月は、絶望の淵で娼婦になろうと決意する――。

二重生活　小池真理子

大学院生の珠は、ある思いつきから近所に住む男性・石坂を尾行、不倫現場を目撃する。他人の秘密に魅了された珠は観察を繰り返すが、尾行は珠と恋人との関係にも影響を及ぼしてゆく。蠱惑のサスペンス！

償いの椅子　沢木冬吾

その夜の銃弾は、友と足を奪った。五年後、男は戻った。やり残した仕事を終えるため、そして自らを慕う幼い姉弟のために。男は黙して車輪を進める。復讐のため、そして愛するものを守るために。

角川文庫ベストセラー

握りしめた欠片　沢木冬吾

正平が10歳のとき、高校2年だった姉の美花が行方不明に。7年後、ある遊戯施設で従業員の死体が見つかる。男の所有していた小型船から出てきたのは、いなくなった姉の携帯電話だった……。

約束の森　沢木冬吾

妻を亡くした元刑事の奥野は、かつての上司から指示を受け北の僻地にあるモウテルの管理人を務めることになる。やがて明らかになる謎の組織の存在。一度は死んだ男が、愛犬マクナイトと共に再び立ち上がる。

砂糖菓子の弾丸は撃ちぬけない　A Lollypop or A Bullet　桜庭一樹

ある午後、あたしはひたすら山を登っていた。そこにあるはずの、あってほしくない「あるもの」に出逢うために——子供という絶望の季節を生き延びようとあがく魂を描く、直木賞作家の初期傑作。

少女七竈と七人の可愛そうな大人　桜庭一樹

いんらんの母から生まれた少女、七竈は自らの美しさを呪い、鉄道模型と幼馴染みの雪風だけを友に、孤高の日々をおくるが——。直木賞作家のブレイクポイントとなった、こよなくせつない青春小説。

GOSICK　—ゴシック—　全9巻　桜庭一樹

20世紀初頭、ヨーロッパの小国ソヴュール。東洋の島国から留学してきた久城一弥と、超頭脳の美少女ヴィクトリカのコンビが不思議な事件に挑む——キュートでダークなミステリ・シリーズ!!

角川文庫ベストセラー

ホテルジューシー　坂木　司

天下無敵のしっかり女子、ヒロちゃんが沖縄の超アバウトなゲストハウスにて繰り広げる奮闘と出会いと笑いと涙と、ちょっぴりドキドキの日々。南風が運ぶ大共感の日常ミステリ!!

大きな音が聞こえるか　坂木　司

退屈な毎日を持て余していた高1の泳は、終わらない波・ポロロッカの存在を知ってアマゾン行きを決める。たくさんの人や出来事に出会いぶつかりながら、泳は少しずつ成長していき……胸が熱くなる青春小説！

誰もいない夜に咲く　桜木紫乃

寄せては返す波のような欲望に身を任せ、どうしようもない淋しさを封じ込めようとする男と女。安らぎを切望しながら寄るべなくさまよう孤独な魂のありようを、北海道の風景に託して叙情豊かに謳いあげる。

ワン・モア　桜木紫乃

月明かりの晩、よるべなさだけを持ち寄って躰を重ねる男と女は、まるで夜の海に漂うくらげ——。どうしようもない淋しさにひりつく心。切実に生きようともがく人々に温かな眼差しを投げかける、再生の物語。

きりこについて　西　加奈子

きりこは「ぶす」な女の子。小学校の体育館裏で、人の言葉がわかる、とても賢い黒猫をひろった。美しいってどういうこと？　生きるってつらいこと？　きりこがみつけた世の中でいちばん大切なこと。

角川文庫ベストセラー

炎上する君　西　加奈子

私たちは足が炎上している男の噂話ばかりしていた。ある日、銭湯にその男が現れて……動けなくなってしまった私たちに訪れる、小さいけれど大きな変化。奔放な想像力がつむぎだす不穏で愛らしい物語。

アーモンド入りチョコレートのワルツ　森　絵都

十三・十四・十五歳。きらめく季節は静かに訪れ、ふいに終わる。シューマン、バッハ、サティ、三つのピアノ曲のやさしい調べにのせて、多感な少年少女の二度と戻らない「あのころ」を描く珠玉の短編集。

つきのふね　森　絵都

親友との喧嘩や不良グループとの確執。中学二年のさくらの毎日は憂鬱。ある日人類を救う宇宙船を開発中の不思議な男性、智さんと出会い事件に巻き込まれる。揺れる少女の想いを描く、直球青春ストーリー！

DIVE《ダイブ》!!（上）（下）　森　絵都

高さ10メートルから時速60キロで飛び込み、技の正確さと美しさを競うダイビング。赤字経営のクラブ存続の条件はなんとオリンピック出場だった。少年たちの長く熱い夏が始まる。小学館児童出版文化賞受賞作。

いつかパラソルの下で　森　絵都

厳格な父の教育に嫌気がさし、成人を機に家を飛び出していた柏原野々。その父も亡くなり、四十九日の法要を迎えようとしていたころ、生前の父と関係があったという女性から連絡が入り……。

角川文庫ベストセラー

鳥人計画　東野圭吾

日本ジャンプ界期待のホープが殺された。ほどなく犯人は彼のコーチであることが判明。一体、彼がどうして？　一見単純に見えた殺人事件の背後に隠された、驚くべき「計画」とは!?

殺人の門　東野圭吾

あいつを殺したい。奴のせいで、私の人生はいつも狂わされてきた。でも、私には殺すことができない。殺人者になるために、私には一体何が欠けているのだろうか。心の闇に潜む殺人願望を描く、衝撃の問題作！

さまよう刃　東野圭吾

長峰重樹の娘、絵摩の死体が荒川の下流で発見される。犯人を告げる一本の密告電話が長峰の元に入った。それを聞いた長峰は半信半疑のまま、娘の復讐に動き出す——。遺族の復讐と少年犯罪をテーマにした問題作。

使命と魂のリミット　東野圭吾

あの日なくしたものを取り戻すため、私は命を賭ける——。心臓外科医を目指す夕紀は、誰にも言えないある目的を胸に秘めていた。それを果たすべき日に、手術室を前代未聞の危機が襲う。大傑作長編サスペンス。

夜明けの街で　東野圭吾

不倫する奴なんてバカだと思っていた。でもどうしようもない時もある——。建設会社に勤める渡部は、派遣社員の秋葉と不倫の恋に墜ちる。しかし、秋葉は誰にも明かせない事情を抱えていた……。

角川文庫ベストセラー

ナミヤ雑貨店の奇蹟　東野圭吾

あらゆる悩み相談に乗る不思議な雑貨店。そこに集う、人生最大の岐路に立った人たち。過去と現在を超えて温かな手紙交換がはじまる……張り巡らされた伏線が奇蹟のように繋がり合う、心ふるわす物語。

MISSING　本多孝好

彼女と会ったとき、誰かに似ていると思った。何のことはない。その顔は、幼い頃の私と同じ顔なのだ——。「このミステリーがすごい！2000年版」第10位！第16回小説推理新人賞受賞作「眠りの海」を含む短編集。

ALONE TOGETHER　本多孝好

「私が殺した女性の、娘さんを守って欲しいのです」。三年前に医大を辞めた僕に、教授が切り出した依頼。それが物語の始まりだった——。人と人はどこまで分かりあえるのか？　瑞々しさに満ちた長編小説。

FINE DAYS　本多孝好

余命いくばくもない父から、35年前に別れた元恋人を捜すように頼まれた僕。彼女が住んでいたアパートで待っていたのは、若き日の父と恋人だった……新世代の圧倒的共感を呼んだ、著者初の恋愛小説。

at Home　本多孝好

母は結婚詐欺師、父は泥棒。傍から見ればいびつに見える家族も、実は一つの絆でつながっている。ある日、詐欺を目論んだ母親が誘拐され、身代金を要求された。父親と僕は母親奪還に動き出すが……。